WITCHES
HEXENGIRLS

Band 8

H. B. Gilmour & Randi Reisfeld

WITCHES

HEXENGIRLS

Band 8

Hexenjäger

Übersetzung aus dem Amerikanischen
von Karlheinz Dürr

Ravensburger Buchverlag

Für John und Jessi –
in Liebe.
H. B. G.

Bibliografische Information Der Deutschen Bibliothek

Die Deutsche Bibliothek verzeichnet diese Publikation in der Deutschen Nationalbibliografie; detaillierte bibliografische Daten sind im Internet über *http://dnb.ddb.de* abrufbar.

Dieses Werk wurde vermittelt durch die Agentur Thomas Schlück GmbH, Garbsen.

Die Schreibweise entspricht den Regeln der neuen Rechtschreibung.

1 2 3 06 05 04

Die Originalausgabe erschien
unter dem Titel „T*Witches – The Witch Hunters“
bei Scholastic Inc. New York

Umschlagillustration – Scholastic Inc.

Redaktion – Eva Issing

Printed in Germany

ISBN 3-473-34943-7

www.ravensburger.de

Kapitel 1

JAHRHUNDERTFETE

Die weiße Limousine glitt durch die Straßen von Boston auf dem Weg zur Premiere eines Films mit absoluter Starbesetzung.

Die Klimaanlage lief auf Hochtouren und im Wagen war es ausgesprochen kühl. Camryn Barnes fröstelte, während sie dem aufgeregten Plappern ihrer fünf besten Freundinnen und ihrer Zwillingsschwester Alex zuhörte.

Doch im nächsten Augenblick erstarrte Cam. Sie spürte, wie sie völlig die Kontrolle über sich verlor. Wie gelähmt starrte sie durch die Windschutzscheibe nach vorn auf die Straße. Sie wusste plötzlich mit absoluter Klarheit, dass in diesem Moment ein dunkles Auto in wahnsinniger Geschwindigkeit auf sie zuraste. Die weiße Limousine jagte mit ihren Insassen direkt in die Katastrophe.

„Stopp!“, schrie Cam und beugte sich ruckartig vor.

Ihre Freundinnen zuckten zusammen, das Kichern und Plappern brach abrupt ab. Sechs Paar Augen starrten sie entgeistert an.

Ein schallisoliertes Schiebefenster trennte den Chauffeur von den Fahrgästen. Er hatte Cams Aufschrei nicht hören können und steuerte direkt auf die Tod bringende Kreuzung zu, ohne dass sein Fuß auch nur einmal die Bremse berührt hätte.

Normalen Augen musste die Straße vollkommen sicher erscheinen.

Nur hatte Cam eben keine normalen Augen. Sie allein konnte voraussehen, was gleich passieren würde.

Ihr Herz setzte aus, in ihrem Kopf dröhnte es. Erst jetzt wurde ihr klar, dass ihr Chauffeur den dunklen Wagen, den sie eben ganz deutlich vor sich gesehen hatte, tatsächlich noch nicht sah.

Aber bald würden ihn alle sehen, jeden Augenblick. Cam riss hektisch an ihrem Sicherheitsgurt. Endlich ging er auf, Cam hechtete förmlich nach vorn und stieß ihre Schwester und ihre Freundinnen Amanda und Sukari grob beiseite, die ihr gegenübersaßen. „Anhalten! Sofort anhalten!", befahl sie dem Chauffeur und hämmerte mit beiden Fäusten gegen die dicke Trennscheibe.

Doch jetzt war Cam nicht mehr allein. Noch eine Person wusste, was geschehen würde, eine Person, die sofort verstand und begriff, was los war.

Alexandra Fielding war Cams eineiige Zwillingsschwester, aber wenn es um das Temperament ging, hätten die beiden Schwestern nicht verschiedener sein können. Alex packte Cams Ellbogen. *Beruhige dich erst mal, Cam!,* rief sie ihr telepathisch zu. *Du hast eine Vorahnung, eine Vision oder was auch immer. Was genau hast du gesehen?* Was Alex dachte, konnte nur Cam hören.

Ein Auto rast direkt auf uns zu!, denkmailte Cam verzweifelt zurück.

Wo? Wer? Was?, wollte Alex wissen, die zwar die Gedanken anderer Menschen hören konnte, aber nicht über Cams Fähigkeit verfügte, furchtbare Ereignisse vorauszuahnen.

Kann ihn nicht sehr deutlich erkennen, klagte Cam telepathisch. Sie zitterte heftig. *Ein dunkler Wagen, irgendwo bei der Kreuzung dort vorne. Er wird das Stoppzeichen überfahren und uns mit voller Wucht rammen! Er wird uns umbringen!*

In diesem Augenblick hörte Alex etwas.

Es klang wie ein laut aufheulender Motor.

Dann glaubte sie quietschende Reifen zu hören. Offenbar raste ein Wagen mit lebensgefährlicher Geschwindigkeit auf die Kreuzung zu.

Und sie hörte die Stimme des wahnsinnigen Fahrers – oder vielmehr seine Gedanken, die wild und wütend waren: *Brice Stanley, dein Ende ist gekommen! Hexer, deine Zeit ist abgelaufen!*

Alex' Sinne waren jetzt aufs Äußerste angespannt und ihre hypersensible Nase fing einen Ekel erregenden Geruch auf … *Eau de Müllkippe,* fein abgestimmt mit faulen Eiern. Der rücksichtslose Fahrer schien einen grauenhaften Gestank mit sich herumzuschleppen.

Jetzt passiert es!, schrie Cam in Gedanken. Sie hatte sich wieder auf ihren Sitz zurückfallen lassen. Ihre Hände zitterten so sehr, dass sie kaum den Sicherheitsgurt anlegen konnte. *Er wird uns rammen!*

Ich will, dass die Scheibe zerspringt! Alex hatte die Augen zusammengekniffen und konzentrierte ihre ganze Energie auf die Trennscheibe. Wenn sie die Scheibe telekinetisch zersplittern lassen könnte, würde sie der Chauffeur endlich hören können. Vielleicht war es noch nicht zu spät. Sie richtete ihre Konzentration auf diesen einen Gedanken und stellte sich vor, wie sie zerbarst. Und tatsächlich zersprang die Scheibe im selben Augenblick. Alex schrie den erschrockenen Fahrer an: „Stopp! Bremsen Sie! Stopp!"

Der Fahrer war schon beim ersten Schrei heftig zusammengezuckt und er reagierte in seiner Verwirrung instinktiv und mechanisch. Er packte das Steuerrad noch fester und trat mit aller Kraft aufs Bremspedal. Die Räder blockierten und die Limousine geriet ins Schleudern. Cam und ihre Freundinnen Brianna, Kristen und Beth wurden auf ihren edlen weißen Ledersitzen nach vorn geschleudert. Nur die Sitzgurte verhinderten, dass sie wie menschliche Raketen durch die zerbrochene Scheibe in die Fahrerkabine schossen. Die übrigen Insassen, Alex, Amanda und Sukari, die ihnen gegenübersaßen, wurden heftig in die Rückenlehnen gepresst. Ein hinter ihnen fahrendes Auto kam mit kreischenden Rädern zum Stillstand, nur Zentimeter von der Stoßstange der Limousine entfernt. Eine Kettenreaktion setzte ein: wildes Hupen, wütendes Gebrüll, Türenschlagen.

Da schoss der dunkle Wagen, den Cam gesehen hatte, mit ungeheuerlicher Geschwindigkeit über die Kreuzung. Die Limousine hätte sich genau in der Mitte der Kreuzung befunden, wenn der Fahrer nicht automatisch auf Alex' verzweifelten Befehl reagiert hätte.

Als der Wagen vorbeiraste, roch Alex den Geruch noch stärker – ein Gestank nach ranzigem Käse und Schwefelsäure, wie nach einem Laborexperiment, das gründlich schief gelaufen war.

Die übrigen Insassen der Limousine hatten nicht mehr zu schreien aufgehört, seit der Fahrer auf die Bremse getreten war. Schon während die Limousine ihre Schleuderpirouetten drehte, war im Innern das reine Chaos ausgebrochen. „Oh mein Gott!" – „Was ist denn jetzt los?" – „Hilfe! Hilfe!" Und als der Wagen allmählich zum Stillstand kam: „Alles in Ordnung?" – „Was war denn los?" – „Das war verdammt knapp!"

Die sonst so selbstsichere Sukari starrte Cam an. Sie brachte nur noch ein Flüstern zu Stande: „Wieso hast du das schon vorher gewusst?"

„Die Frage ist", stieß Brianna Waxman atemlos hervor, „wieso du *immer* schon im Voraus weißt, was passiert?"

Beth Fish seufzte. Unter Cams Freundinnen war sie schon seit dem Kindergarten Cams beste Freundin, absolut zuverlässig und unerschütterlich treu. Sie versuchte, die angespannte Atmosphäre aufzulockern. „Cams ‚zweites Gesicht' hat wieder mal zugeschlagen."

„Zweites Gesicht" nannten es ihre Freundinnen.

Nicht Magie.

Cam zwang sich zu einem schwachen, unsicheren Grinsen und versuchte, vor ihren Freundinnen zu verbergen, wie erschüttert sie in Wirklichkeit war. Egal wie oft sie schon im Voraus richtig erraten hatte, was passieren würde, die Mädchen waren doch nie ernsthaft auf die Idee gekommen, dass sie tatsächlich die Fähigkeit zum Hellsehen besaß, sich also Ereignisse vorstellen konnte, *bevor* sie eintraten. Oder dass Cam manchmal von Vorahnungen, Visionen und hellseherischen Attacken befallen wurde, die nicht nur ihr selbst unheimlich waren, sondern die sie auch fast um den Verstand brachten. Ganz abgesehen davon, dass sie danach regelmäßig rasende Kopfschmerzen bekam.

Der Sechserpack hätte das alles auch dann nicht geglaubt, wenn sie ihnen vollkommen ernsthaft die Wahrheit gesagt hätte. Zum Beispiel, dass sie eine Hexe war. Genau wie ihre Schwester Alex.

Amanda, das Mädchen mit dem apfelrunden Gesicht, hatte Cams „unglaubliche Intuition" allerdings nie bezweifelt. Auch nicht die Tatsache, dass Cams Vorahnungen meistens sehr genau eintrafen. In Amandas Zimmer brannten ständig Kerzen und Räucherstäbchen. „Natürlich wusste sie es vorher", verkündete sie jetzt, als ob es die selbstverständlichste Sache der Welt sei. „Das hat mit ihrem Karma zu tun. In ihrem früheren Leben ist Cam wahrscheinlich mal aus einer Katastrophe gerettet worden und jetzt ist es ihr Karma, andere zu schützen."

Ironisch warf Alex ein: „Also, Leute, ob Karma oder Kaffee-

satz, mir ist es ziemlich egal, woher sie es wusste, okay? Wer von euch wäre denn gern zu Ketschup verarbeitet worden? Niemand? Na also."
„Das ist doch alles sooo total daneben!" Brianna Waxman verdrehte gekünstelt die Augen – wie immer, wenn sie nicht im Mittelpunkt stand. Sie tat so, als hätte sie der Beinahe-Zusammenstoß völlig kalt gelassen. Dass sie und ihre Freundinnen in der Limousine zur Premiere chauffiert wurden, hatten sie Briannas Vater zu verdanken. Bree glaubte deshalb, wieder mal den Boss spielen zu dürfen. Das war nichts Neues. „Wir sind auf dem Weg zu einer Filmpremiere. Es wird allgemein erwartet, dass dieser Film ein Megahit wird", verkündete sie wichtigtuerisch. „‚Hexenstunde' – schon der Titel ist total genial. Und der Film wurde ja nicht nur von meinem Daddy produziert", erzählte sie zum x-ten Mal aufgeregt, „sondern darin spielt auch noch Brice Stanley mit, das ist dieser supergut aussehende Typ mit den blauen Augen. Wisst ihr eigentlich, dass der schon zweimal …"
„… für den Oscar nominiert worden ist?", äffte Alex Briannas schrille Stimme nach.
Brianna warf ihr einen wütenden Blick zu, ließ sich aber nicht unterbrechen. „… schon zweimal für den Oscar nominiert worden ist?" Sie schnipste mit den Fingern. „‚Zweites Gesicht'? Dass ich nicht lache. Ist doch nur dreifacher Quatsch! Wer lieber schnell zur Premiere will, hebt die Hand!"
Alle Hände fuhren in die Luft – nur nicht Kristens Hand.

Bree starrte ihre beste Freundin wütend an. Aber dass Kristens Hand nicht in der Luft herumwedelte, hatte einen ausgesprochen guten Grund: Sie brauchte beide Hände, um sie vor den Mund zu pressen. Ihr normalerweise bronzefarbenes Gesicht war kalkweiß. „Ich glaub, ich muss kotzen“, stieß sie undeutlich hervor.
„Doch nicht in Daddys Auto!“, kreischte Bree entsetzt.

In letzter Zeit ging alles zu schnell. Viel zu schnell, fand Cam, als die Limousine schließlich die Fahrt fortsetzte.
Erst vor zwei Wochen waren sie und Alex durch die verhexten Wälder von Coventry Island gejagt. Coventry war eine kleine, abgelegene Insel, die vom Festland des Staates Wisconsin aus kaum zu sehen war, nicht nur wegen der Entfernung, sondern auch, weil sie ständig von einer Nebelbank eingehüllt war. Die Einheimischen auf dem Festland nannten sie Hexeninsel und wagten sich selten hinüber. Doch auf dieser Insel waren Alex und Cam geboren worden. Aber bis vor zwei Wochen hatten sie noch nie einen Fuß auf die Insel gesetzt.
Schon als Babys waren die Zwillinge entführt und voneinander getrennt worden, bevor sie auch nur krabbeln oder laufen konnten. In zwei verschiedenen Familien waren sie herangewachsen. Karsh hatte der Trennung der Zwillinge widerwillig zustimmen müssen. Und 14 Jahre lang hatte keine von beiden auch nur einen blassen Schimmer gehabt, dass sie noch eine Zwillingsschwester hatte. Bis Karsh, der

alte Hexer und ihr Beschützer, dafür gesorgt hatte, dass sie sich „zufällig“ begegneten.

Vor zwei Wochen waren sie zum ersten Mal auf die Insel Coventry, ihren geheimnisvollen Geburtsort, zurückgekehrt. Es war eine traurige Reise gewesen, denn sie hatten ihren geliebten alten Hexer, Lord Karsh Antayus, zu Grabe getragen, der sie ihr ganzes Leben lang beschützt und geleitet hatte. Von diesem traurigen Anlass abgesehen, hatte die Insel bei den Zwillingen sehr unterschiedliche Reaktionen ausgelöst. Alex hatte sich sofort in die Insel verliebt und fast jede Sekunde ihres Aufenthalts genossen. Cam dagegen fand die Insel bedrückend, drohend und gefährlich und wäre am liebsten sofort wieder abgereist.

Doch das richtige Zuhause der Zwillinge war Marble Bay in Massachusetts, nicht nur fast tausend Meilen, sondern buchstäblich eine ganze Welt entfernt von Coventry. Und in diesem Moment saßen sie in einer weißen Limousine, die sie direkt zum größten Kino der Umgebung brachte, wo ein neuer Film mit dem Starschauspieler Brice Stanley uraufgeführt wurde – und nur die Zwillinge wussten, dass Brice Stanley ein Hexer war.

Nur die Zwillinge – aber offenbar auch der Fahrer des Wagens, der sie beinahe getötet hätte.

Kapitel 2

HEXENSTUNDE

Grelle Laserstrahlen ragten in den schwarzen Nachthimmel. Auf den Straßen wurde der Verkehr immer dichter. Eine riesige Menschenmenge hatte sich versammelt. Das hysterische Kreischen und die lauten Schreie der Fans waren ohrenbetäubend.

Cam, Alex und der Rest des Sechserpacks kamen mit leichter Verspätung an, denn der Beinahe-Zusammenstoß hatte sie Zeit gekostet. Bree, wild entschlossen die verlorene Zeit aufzuholen, schob sich rücksichtslos über Kristens aufgeplustertes Taftkleid und stieg als Erste aus der Limousine. Ihr in stundenlanger harter Arbeit auf „wild" gestyltes Blondhaar leuchtete im Blitzlichtgewitter auf. Ungeduldig wartete sie, bis ihre Freundinnen ausgestiegen waren, dann setzte sie sich an die Spitze des kleinen Trupps und stürzte sich mit Überschallgeschwindigkeit mitten ins Getümmel. Ihre schier endlosen Absätze schienen sie nicht im Geringsten zu behindern. Und von der Menschenmenge ließ sie sich erst recht nicht aufhalten – obwohl sich offenbar hin-

ter einer Absperrung tausende zu beiden Seiten eines roten Teppichs drängelten.
Der Sechserpack holte sie schließlich ein. „Jetzt bekommen wir bestimmt keinen guten Platz ganz vorne mehr!“, jammerte Kristen. „Das können wir vergessen.“
Aber so schnell gab Bree nicht auf. Unverzagt verkündete sie: „Keine Sorge, ich schaukle das für euch. Folgt mir. Die Sache hab ich voll im Griff.“ Sie steuerte direkt auf einen der uniformierten Männer vom Sicherheitsdienst zu, die den Eingang bewachten, zog schwungvoll ihre Einladungskarte heraus, die nur an besonders glückliche VIPs verschickt worden war, und hielt sie ihm unter die Nase. „Entschuldigen Sie, Sir“, flötete sie selbstbewusst, „ich bin Eric Waxmans Tochter …“
Der Mann arbeitete für den Sicherheitsdienst, der für diesen Abend angeheuert worden war; da er die Namen der Filmleute gar nicht kannte, ließ er sich auch nicht davon beeindrucken. „Eric … wer?“
„Waxman!“, wiederholte Bree gereizt. „Der Filmproduzent! Jetzt sagen Sie bloß nicht, dass Sie ihn nicht kennen! Schauen Sie mal hier! Da steht's doch: ‚Eric Waxman lädt Sie ein …‘!“ Als der Mann die Karte nur gleichgültig anstarrte, fügte Bree hastig hinzu: „Meine Freundinnen und ich sollen eigentlich Plätze ganz vorne erhalten, verstehen Sie? Mein Daddy wird absolut sauer sein, wenn er mich nicht ganz vorn sieht, und das wollen Sie doch sicher nicht, oder? Also: Würden Sie uns bitte nach ganz vorn bringen?“

Cam wusste nicht, ob es Brees Lächeln, ihre Dreistigkeit oder die Gutmütigkeit des Türstehers war, jedenfalls führte er die Mädchen durch die Menge und schob ein paar Fans beiseite, die den für Brees Gruppe reservierten Platz bereits besetzt hatten. Sie reagierten mit einem wütenden Murren. Doch die Mädchen standen jetzt ganz vorn an der Absperrung.

In diesem Augenblick schrie jemand: „Da ist er! Er ist …“

Und da kam er tatsächlich. Wie durch Hexerei schwenkte der stärkste Scheinwerfer herum und der helle Lichtkegel fiel direkt auf ihn, fiel auf Brice Stanley, auf sein Hunderttausend-Volt-Lächeln und seine glitzernden blauen Augen.

Der Mann sieht echt verdammt gut aus, dachte Cam hingerissen. Er trug einen offensichtlich sehr teuren Designeranzug, strahlte aber zugleich einen Charme aus, der ihn jedem wie einen guten Freund erscheinen ließ. Er winkte der Menge zu und schloss mit einer grandiosen Handbewegung alle ein. „Hallo Boston!“, rief er begeistert. „Ich danke euch allen, dass ihr so zahlreich erschienen seid, um den neuen Kinohit ‚Hexenstunde‘ anzuschauen. Ihr seid einfach die Größten!“

Darauf brach das reinste Höllenspektakel los. Applaus, Bravorufe und Gekreische – Cams Ohren dröhnten. Brice ging auf dem roten Teppich die Treppe zum Theatereingang hinauf. Wie es von einem Star erwartet wurde, blieb er immer wieder stehen, um auf unzählige Fotos Autogramme zu kritzeln, tausend Hände zu schütteln, die sich ihm entgegenstreckten, den fast ohnmächtig werdenden

weiblichen Fans zuzuwinken und Blumen entgegenzunehmen.
Sogar Alex musste zugeben, dass Brice sich glänzend verkaufte, noch bevor die eigentliche Show überhaupt begonnen hatte. Aber was sie wirklich faszinierte, war die Frau an seiner Seite. Sie flüsterte: „Cam, guck dir mal Brice' Freundin an. Kennst du die?"
Alex hatte von den Stars und Starlets nicht viel Ahnung, aber auch Cam kannte die Frau an Brice' Seite nicht. Sie war eine große, kühl und ernst wirkende Brünette. Sie hatte Brice den Arm um die Taille gelegt, aber ihr Lächeln wirkte automatisch und ihr messerscharfer intelligenter Blick huschte ständig über die Menschenmenge, als suche sie jemanden.
„Irgendwie komisch, dass ...", begann Cam.
„Was? Hast du wirklich geglaubt, er schleppt hier Ileana an?" Alex sprach zu Ende, was Cam noch nicht einmal richtig gedacht hatte.
Ileana, ihre Cousine, war eine der brillantesten Hexen von Coventry – und zweifellos die schönste. Allerdings hatte sie auch ihre Fehler: Sie war launisch, völlig unberechenbar und äußerst anstrengend. Aber sie war zufällig auch der Vormund der Zwillinge – jedenfalls in der Welt der Hexen und Hexer. Und nicht ganz so zufällig war sie Brice Stanleys feste Freundin.
„Da kommt mein Daddy!", kreischte Brianna plötzlich, hüpfte auf und ab und fing an, wie verrückt zu winken. „Daddy! Daddy!" Ihre schrille Stimme sorgte dafür, dass

die Köpfe des Sechserpacks wie auf Kommando in die Richtung herumfuhren, in die Brianna winkte. Sogar Alex schaute hinüber.

Und dort war tatsächlich Mr Waxman in dem vom normalen Volk abgetrennten VIP-Bereich und sonnte sich im Blitzlichtgewitter, von dem seine Tochter immer nur träumen durfte. Der klein gewachsene, adrett in einen Smoking gekleidete Filmproduzent wurde von zwei berühmten Persönlichkeiten begleitet – einer ausgesprochen kurvenreichen Brünetten, die zu mindestens fünfzig Prozent aus Silikon bestand und ein dazu passendes silikonähnliches, silbern glänzendes Abendkleid trug. In einer bekannten TV-Serie spielte sie eine brillante Rechtsanwältin. Rechts neben Waxman stand ein dicker, ständig lächelnder Senator, dessen Körpervolumen mindestens dreimal so groß war wie das von Brees Daddy.

Das Starlet und der Senator winkten den Mädchen zu; Eric Waxman nickte nur kurz in ihre Richtung. Er schien sich über die Ablenkung zu ärgern.

Bree sank enttäuscht in sich zusammen und überlegte krampfhaft, womit sie sich jetzt noch vor ihren Freundinnen wichtig machen konnte.

Aber für einen weiteren ihrer großen Auftritte bekam sie keine Chance mehr, denn jetzt passierte etwas, was viel größere Aufregung verursachte als das fiese Verhalten ihres geliebten Vaters.

Alex hörte es eine Nanosekunde vor allen anderen. Sie wirbelte herum und erblickte eine schwarz gekleidete Gestalt,

die sich grob durch die dicht gedrängte Fangemeinde schob.
„Aua!" – „Hey, was glauben Sie denn …" – „Mann, pass doch auf!" Die verärgerten Ausrufe kamen immer näher, zuerst von ganz hinten, dann aus der Mitte und schließlich immer lauter und wütender ganz aus der Nähe. Ein groß gewachsener Mann drängte sich so rücksichtslos durch die Menge wie ein Elefant durchs Unterholz. Er trug einen langen schwarzen Umhang und sein Gesicht wurde von einer großen Kapuze vollständig verhüllt. Es schien ihm nichts auszumachen, die Leute anzurempeln, zu boxen oder einfach beiseite zu stoßen.
Der Kapuzenmann war offensichtlich entschlossen, sich bis in die vorderste Reihe durchzukämpfen. Genauer: Er steuerte auf die Stelle zu, an der Cam, Alex und ihre Freundinnen standen und darauf warteten, dass Brice endlich vorbeikam.
Cam hätte vielleicht schon früher reagiert, wenn sie nicht plötzlich von einer Art Anfall gepackt worden wäre – ein Schweißausbruch, gefolgt von Kältewellen, dann wieder Fieberschütteln und Schwindelgefühle. Alles verschwamm vor ihren Augen. Das alles konnte nur bedeuten, dass gleich etwas passieren würde. Etwas Schlimmes.
Bis sie und Alex endlich reagierten, hatte die schwarze Gestalt die Absperrung beinahe erreicht. Sie hielt eine Art Waffe in der Hand, eine seltsam gekrümmte Klinge, die an einem langen Stiel befestigt war. Jetzt teilte sich die Menge vor ihr; die Leute wichen angstvoll zur Seite, hoben schüt-

zend die Arme über ihre Köpfe. Aber der Mann hatte es nicht auf Brice' Fans abgesehen.
Sondern auf Brice selbst.
„Hexer, deine Stunde hat geschlagen!", donnerte der Kapuzenmann.
Er schwang die Waffe über dem Kopf und stürzte auf Brice zu; jetzt war er nur noch ein paar Schritte von der Absperrung entfernt, die den roten Teppich von den Fans trennte. „Brice Stanley ist ein Hexer!", brüllte er den versammelten Fans zu. „Brice Stanley, der Superstar, das Vorbild für Millionen, ist ein Betrüger! Er lebt mit einer Lüge. In Wirklichkeit ist er ein Hexer und ihr alle" – er drehte langsam den Kopf und schien die gesamte Fangemeinde anzublicken, obwohl seine Augen unter der Kapuze nicht zu sehen waren – „seid nicht nur einfältig, sondern auch absolut dumm, euch von diesem üblen, bösen Hexer etwas vormachen zu lassen!"
Vielleicht lag es daran, dass er so plötzlich, wie aus dem Nichts, aufgetaucht war, vielleicht aber auch an seinem fast unmenschlich lauten Gebrüll, jedenfalls fing Bree plötzlich ziemlich laut und nervös zu kichern an. Sie deutete auf die schwarze Gestalt, die jetzt nur noch wenige Meter von der Absperrung entfernt war. „Typisch Daddy, dass er auch noch einen Publicity-Gag organisiert hat!"
Kristen, Beth und Amanda sahen sich unsicher an. Der Mann sah wirklich echt aus und hatte die Mädchen gründlich erschreckt. Aber es war natürlich durchaus möglich, dass Bree Recht hatte.

„Wenn das so ist“, meinte Kristen, „dann ist dieser Typ wirklich ein verdammt guter Schauspieler!“
„Glaubst du das wirklich, Bree?“, fragte Beth zögernd. Sie hatte zwar ihre Zweifel, aber Brees Erklärung war einfacher und sehr viel angenehmer als die anderen Möglichkeiten.
„Mit diesem schwarzen Umhang und der Kapuze und dem Ding da in seiner Hand ... so eine Art Sense ... sieht er aus wie ... wie ...“
„Wie eine meiner Tarot-Karten“, ergänzte Amanda, die ebenfalls nicht an Brees Erklärung glaubte.
„Okay, fragen wir eben unsere Intelligenzbestie, wen oder was der Typ da darstellen soll?“, wandte sich Bree an Cam.
Aber bevor Cam antworten konnte, traf Sukari den Nagel auf den Kopf.
„Den Tod“, sagte sie düster.

Die Gestalt mit der Kapuze und der Sense hatte sich inzwischen bis zur Absperrung durchgekämpft.
Haltet ihn doch auf! Der Ruf war so deutlich, dass Cam zuerst glaubte, jemand neben ihr habe ihn ausgerufen, aber dann merkte sie, dass jemand die Wörter nur gedacht hatte.
Sie drehte sich zu Alex um; ihre Schwester konzentrierte sich voll auf den Schwarzgekleideten.
„Was hast du gesagt?“, flüsterte Cam Alex zu.
Im selben Augenblick wirbelte der Mann herum. Sein Umhang bauschte sich auf und die Sense schnitt pfeifend durch die Luft.

Alex!, denkmailte Cam ihrer Schwester panisch. *Das ist kein Werbegag! Das ist der Typ, der uns fast gerammt hätte! Er war auf dem Weg hierher!*
Aber Alex hatte bereits begriffen, was los war.
Und begriffen hatte auch Brice' Begleiterin, die plötzlich herumwirbelte und eine Pistole in der Hand hielt.
Wieso hat sie eine Pistole?, wunderte sich Cam. *Hier sind viel zu viele Leute. Sie darf nicht schießen …*
Du nimmst die Knarre, ich die Sense, befahl Alex knapp.
Kein lautes Wort war zwischen ihnen gewechselt worden.
Cam berührte ihr Sonnenamulett, das sie immer um den Hals trug, und fokussierte ihre leuchtend grauen Augen auf die Waffe in der Hand der fremden Frau. Wärme stieg in ihr auf, ihr Nacken wurde heiß, ihre Augen begannen zu brennen und zu tränen … und dann begann der Lauf der Waffe zu glühen. Blasen bildeten sich auf dem matten Metall; ein Zischen war zu hören. Cams Magie ließ die Waffe schmelzen.
Alex fiel es schwerer, sich auf die Sense zu konzentrieren, denn der Mann schwang sie noch immer wild herum. Als sie die Augen schloss, drang außerdem ein ranziger, Ekel erregender Schwefelgestank in ihre Nase.
„Keine Bewegung!", brüllte Brice' Freundin den Schwarzgekleideten an. Der Lauf ihrer Waffe glühte unter Cams Blick. „Ich bin beim Personenschutz! Bleiben Sie unbeweglich stehen!"
Aber der unheimliche, verkleidete Fremde beachtete sie überhaupt nicht. Die Sense schwang durch die Luft und

durchtrennte nun mühelos die Absperrung. Ungehindert konnte er sich jetzt auf Brice stürzen, wobei er schrie: „Gestehe, Hexer! Du gehörst zur Hexenbande! Der Hexenjäger ist da! Brice Stanley, dein Geheimnis ist aufgedeckt!"
Alex verdrängte das Schwindelgefühl, das der Gestank hervorgerufen hatte, und konzentrierte sich nur noch auf die Hände des Mannes – denen plötzlich gegen seinen Willen der Sensenstiel entglitt. Alex stellte sich vor, dass die Sense durch die Luft wirbeln, hoch über den Köpfen der Menge in den wolkenlosen Abendhimmel aufsteigen und nach einer prächtigen bogenförmigen Flugbahn hinter dem Theater verschwinden würde. Dann würde sie mit lautem Scheppern in einer Seitenstraße aufschlagen. Und genau so geschah es.
Der völlig verblüffte Angreifer drehte sich zu Cam und Alex um. Hinter den Zwillingen fassten sich Beth, Kristen, Bree und Sukari total verängstigt an den Händen.
Mit vor Erstaunen weit aufgerissenen Augen hatte die versammelte Menschenmenge den Flug der Sense verfolgt. „Cool!" – „Ist ja super!", riefen plötzlich ein paar Leute und wer sich geduckt hatte, richtete sich verlegen grinsend wieder auf. „‚Hexenstunde'. Der Film heißt so. Kapierst du endlich? Das war nichts als ein Werbegag!"
Obwohl der schwarze Mann noch dastand, atmete Alex erleichtert auf. Die Gefahr war vorüber. Die Gestalt wandte sich abrupt um und drängte sich brutal durch die Menge. Doch Alex fing eine stille Warnung auf. *Ihr Hexen seid als Nächste dran. Alle drei!*

Die Magie hatte Cam und Alex viel Kraft gekostet. Von der Anstrengung noch völlig benommen, sahen sie sich an. „Ich hab etwas gehört, Alex. Er hat etwas zu uns gesagt", flüsterte Cam.

„Ja, und ich … das ist so total unheimlich, Cami … Ich hab ihn *gesehen*, verstehst du, ohne ihn richtig zu sehen …", versuchte Alex zu erklären. „Jetzt sitzt er bereits wieder im Auto. Dasselbe Auto, das uns beinahe gerammt hätte."

Brice' Bodyguard hatte keinen blassen Schimmer, was mit ihrer Pistole passiert war. Sie war so heiß geworden, dass sie sie hatte fallen lassen müssen. Der Pistolenlauf war verbogen und völlig unbrauchbar geworden. Später erfuhr Cam, dass sie nicht mit scharfer Munition, sondern mit Betäubungspatronen geladen war.

Drei uniformierte Sicherheitsleute nahmen Brice Stanley in die Mitte und führten ihn die Treppe hinauf. Bevor sie ihn ins Theater drängten, warf der Star Cam und Alex einen dankbaren Blick zu.

„Dafür werdet ihr mir ewig danken müssen!", verkündete Bree dem Sechserpack, felsenfest überzeugt, dass Brice' Blick ihr gegolten hatte. „Ich meine, ihr habt doch gesehen, wie der uns ansah? Wenn mein Daddy nicht wäre …"

Kapitel 3

BRICE SUPERSTAR

„Mann, der starrt schon wieder her!“, flüsterte Amanda völlig hingerissen und presste Sukaris Hand vor Aufregung so fest, dass ihre Freundin laut aufheulte.
„Tatsächlich – er starrt uns an, Bree!“, seufzte Kristen, halb in Exstase. „Oh Mann! Ich fass es nicht! Er schaut uns direkt an! Mich!“
Der Film war zu Ende; die meisten der geladenen Gäste hatten das Kino bereits wieder verlassen. In der für die VIPs reservierten Sektion saßen oder standen noch ein paar Dutzend Leute, streckten die vom langen Sitzen steifen Beine und unterhielten sich über den Film. Brice Stanley war mittendrin, schüttelte Hände, ließ sich umarmen und beglückwünschen und – Amanda hatte tatsächlich Recht! – blickte immer wieder zu den Mädchen herüber und lächelte ihnen dabei zu.
Cam, die bisher nur die Gedanken ihrer Schwester, aber nicht die anderer Leute hatte hören können, glaubte jetzt plötzlich, seine Stimme zu hören. „Alex, hat er gerade was

gesagt?“, flüsterte sie Alex zu. „Ich meine, hat er dir eine Denkmail geschickt?“

Alex nickte. „Er sagt, wir sollen nachher noch kurz auf ihn warten, wenn die Leute alle gegangen sind. Er möchte sich noch mit uns unterhalten.“

„Alex, ich hab ihn gehört!“, flüsterte Cam aufgeregt. Aber als sie Alex’ zweifelnden Gesichtsausdruck sah, fügte sie hinzu: „Allerdings nur ganz leise, mehr ein Murmeln, ich meine, ich hab seine Stimme gehört, aber nichts verstanden …“

„Daddy! Daddy!“, kreischte Bree. Sie stieg auf ihren Stuhl, stützte sich mit einer Hand auf Kristens Schulter und winkte ihm aufgeregt über die Köpfe der Leute hinweg zu. Mr Waxman kam eilig herübergelaufen.

„Runter! Geh sofort runter!“, zischte er. „Mein Gott, ist das peinlich …“

„Runter?“, flüsterte Beth Cam wütend zu. „Der redet mit ihr wie mit einem Hund!“

Bree war rot geworden und stieg hastig vom Stuhl. Alex wünschte plötzlich, sie hätte nicht mit anhören müssen, was das völlig verstörte Mädchen dachte. Aber Brees Gedanken kamen laut und klar. *Oh nein, nicht schon wieder. Warum kann ich es ihm nie recht machen? Jetzt wird er mich nie mehr zu einer Premiere einladen.*

Man brauchte keine Hexe zu sein, um nachfühlen zu können, was Bree in diesem Augenblick empfand. Sukari, die Mr Waxman um fast einen Kopf überragte, trat zwischen ihn und Bree und verstellte ihm den Blick auf die Freundin.

So hatte Bree Zeit, ihr inzwischen ziemlich ramponiertes Ego wieder aufzubauen.
„Hi, Mr Waxman – war ja 'n ganz nettes Filmchen", sagte das stämmige Mädchen herablassend und blickte den Gastgeber des Galaabends an, als sei er eine Laborratte mit Hautkrebs. „Ich wette, der Streifen wird ein Megahit, wenn er erst mal auf DVD herauskommt! Ach – und vielen Dank auch für die Limousine, die Sie uns geschickt haben. Sie war so … total weiß …"
Waxman starrte wütend zu ihr auf. „Was meinst du damit, wenn er auf DVD rauskommt?", wollte er wissen. „Was ist mit den Kinos? Nächsten Freitag kommt er in ganz Amerika in die Kinos!"
„Hey! Welche von euch ist Bree?" Brice Stanley grinste einnehmend und schob sich zwischen den Sechserpack wie ein Scheich in einen Harem.
„Ich!", schrie Kristen und streckte die Hand in die Höhe. Offenbar war sie vor Aufregung verrückt geworden.
Sukari trat beiseite, sodass Brice die wirkliche Bree sehen konnte.
„Ich meine, *sie* ist es!", verbesserte sich Kristen schnell und schob ihre Freundin auf Brice zu.
Die zierliche Bree reichte ihm schüchtern die Hand – ausnahmsweise war sie sprachlos.
Brice ergriff Brees Hand mit beiden Händen. Er schien sie gar nicht mehr loslassen zu wollen. „Also du bist Brianna?", fragte er. „Dein Vater erzählt ständig von dir!" Waxman verdrehte die Augen.

„Er erzählt von mir?", echote Bree atemlos.
„Klar doch", nickte Brice. „Sagt immer, dass du das Beste bist, was er hat", versicherte er ernsthaft. „Stimmt doch, Eric, oder?"
„Wenn du's sagst, wird's wohl stimmen", murmelte Brees Vater verlegen und klopfte dem Star kräftig auf die breiten Schultern. „DVD!", knurrte er in Sukaris Richtung. „An der Kinokasse willst du nicht zahlen, aber auf DVD ausleihen würdest du den Film? Überhaupt: Was sind schon DVDs?!" Er lachte bitter und schnippte verächtlich mit den Fingern.
Aber Sukari beachtete ihn schon längst nicht mehr. Wie ihre Freundinnen war auch sie von Brice' absolut umwerfendem Lächeln gebannt.
Ein Assistent kam herbei und begann, einen Stapel von Werbevideos für ‚Hexenstunde' an die Mädchen zu verteilen.
„Was soll das?", brauste Waxman auf.
„Sie haben den Mädchen doch eben DVDs versprochen?", gab der Mann zurück. „DVDs haben wir noch nicht. Ich hab mir gedacht, dass sie wahrscheinlich die Videos gemeint haben."
„Die sind nur für die VIPs bestimmt!", fauchte Waxman wütend. „Ich meine ..." Sein Ton änderte sich plötzlich, als er Brice' Blick auf sich spürte. „Ich meine, für ... Journalisten. Die Mädchen haben doch den Film gesehen, wieso brauchen sie dann noch Videos? Und die hier", sein Kopf zuckte kurz in Sukaris Richtung, „würde ihr Taschengeld

sowieso lieber an DVDs verschwenden, statt ins Kino zu gehen!"
Brice nahm dem Assistenten wortlos ein paar Videos aus der Hand und signierte sie mit einem Filzschreiber. Dann verteilte er sie an den Sechserpack.
„Was war das eigentlich vor dem Kino?", wollte Beth wissen. „Was sollte dieser verkleidete Typ denn darstellen?"
„Und wer war die Frau mit der Knarre?", fügte Kristen hinzu.
„Alles nur ein Gag. Damit das Publikum was zum Lachen hat. Publicity. Geht halt nicht ohne", antwortete Eric Waxman hastig.
„Ein PR-Gag?" Sukari, die für alles immer einen Beweis haben wollte, blieb skeptisch. „Mit einer echten Pistole?"
„Die, äh, war nicht echt. War aus Plastik."
„Okay, aber der Typ mit der Sense", warf Amanda ein, „der war verdammt gut, wenn es wirklich nur ein PR-Gag war. Ich kapier das nicht. Ich meine, abgesehen vom Titel hat der Film doch überhaupt nichts mit Hexen oder Hexern oder Tarot-Karten zu tun …"
Eric Waxman verdrehte ungeduldig die Augen. „Es war ein PR-Gag, jetzt glaubt es doch endlich! Irgendein PR-Agent hatte diese idiotische Idee …" Er wedelte mit der Hand. „Die Limousine wartet. Ihr werdet nach Hause gefahren. Brice hat einen anstrengenden Tag hinter sich."
Nur zwei Mädchen hatten noch kein Video bekommen – Cam und Alex. „Sie kommen gleich nach – ich muss ihre Videos nur noch signieren", sagte Brice zu den übrigen

Mädchen, die von Mr Waxman zur Limo getrieben wurden.
„Ileanas Beschreibung war absolut perfekt“, sagte Brice und blickte von einem Zwilling zum anderen. „Ich bin so froh, dass ich euch endlich kennen lernen darf …“
„Oh, i-ich auch, i-i-ich auch“, stotterte Cam voller Ehrfurcht und mit butterweichen Knien und kassierte einen spöttischen Blick von ihrer Schwester.
„Das war kein PR-Gag“, kam Alex sofort zur Sache, obwohl sie, wenn sie ganz ehrlich war, in ihrem Magen ebenfalls ein seltsam flatterndes Gefühl verspürte, wenn Brice sie ansah. Denn Brice war nicht nur ein Filmstar, sondern er strahlte auch Stärke und Zuversicht aus und außerdem war er absolut sympathisch. Der Mann brauchte ja nur zu lächeln und jedes weibliche Wesen würde auf der Stelle zerfließen.
„Du glaubst also nicht an einen PR-Gag?“, fragte Brice so ernsthaft, als berate er sich mit einer Terrorismusexpertin.
„Wenn das einer war, fresse ich … meinen Besen“, sagte Cam bestimmt.
Alex nickte. „Der Mann führt eine Art Privatkreuzzug gegen Hexen. Der war echt.“
„Richtig. Er war echt. Und ist immer noch echt. Er hat mir seit Jahren immer wieder Drohbriefe geschickt. Mir, aber auch anderen, die so sind wie ich … wie wir …“, berichtigte er sich schnell. „Meistens schickt er seine Briefe an Leute, die berühmt sind …“
„Sie meinen an berühmte Hexen und Hexer?“, fragte Cam.
Brice nickte. „Er nennt sich Hexenjäger. Und dass er heute

Abend auftauchen würde, hatte er schon lange vorher angekündigt. Ich glaube, er hat den Filmtitel falsch verstanden. Er hat wahrscheinlich angenommen, dass der Film ein Lobgesang auf Hexen sein würde. Aber mit Hexenstunde meint man im Volksmund eine Zeit, in der sich etwas ganz Wichtiges verändert. Natürlich hab ich Eric, hm, Briannas Vater davon erzählt, dass ich diese unheimlichen Drohbriefe erhalte. Aber er wollte keinesfalls die Polizei einschalten, deshalb hat er eine Privatfirma für Personenschutz beauftragt."

„Und das war die Frau, die Ihre Freundin spielte?", fragte Alex.

„Genau. Das war übrigens meine glorreiche Idee." Brice schüttelte den Kopf, dann bedachte er beide mit seinem umwerfenden Lächeln. „Wenn ich gewusst hätte, dass ihr zwei schon so … geschickt seid, hätten wir uns den Bodyguard sparen können, nicht wahr?"

Cam wurde knallrot. „Wie gefährlich ist der Typ, Brice … äh, Mr Stanley?", hauchte sie und riss ihre strahlend grauen Augen weit auf.

Alex verdrehte die Augen. Wenn das so weiterging, würde sich ihre Schwester vor Verzückung nicht mehr lange auf den Beinen halten können.

„Nennt mich doch bitte Brice", sagte Brice mit seinem Zahnpastareklame-Lächeln.

„Er hatte eine Sense dabei, Mr … äh, Brice", sagte Cam. „Und er war als Tod verkleidet."

„Als Tod? Er kam mir eher vor wie ein Rächer aus einem

Schundroman“, meinte Brice. „Schon wie er dauernd herumbrüllte: ‚Deine Zeit ist abgelaufen!‘, oder so ähnlich. Bis heute Abend hab ich mir nicht viel aus ihm gemacht. Habe nicht angenommen, dass er es ernst meint. Glaubt ihr beide denn wirklich, dass der Mann gefährlich ist?“ Die Zwillinge jedenfalls schien Brice sehr ernst zu nehmen.

„Total gefährlich“, mischte sich Alex ein. „Bevor er verschwand, hat er uns ebenfalls gedroht. Er sagte: ‚Ihr seid die Nächsten. Alle drei.‘“

„Außerdem hat er versucht, uns zu rammen! Auf dem Weg hierher wäre er beinah mit unserer Limousine zusammengestoßen!“, verkündete Cam mit einem Schaudern in der Stimme.

Brice blickte die beiden Mädchen nachdenklich an – so lange, dass Alex jeden einzelnen Gedanken klar hören konnte. Und vor Stolz mindestens zehn Zentimeter wuchs. *Die beiden sind wirklich gut,* hörte sie ihn denken. *Ileana hatte Recht. Ihre Instinkte sind wahnsinnig gut entwickelt.*

„Bisher kam er mir eigentlich immer nur hektisch, rücksichtslos und unberechenbar vor, aber nicht wirklich gefährlich“, sagte Brice laut. „Aber vielleicht ist er wirklich ein größeres Problem, als ich gedacht hatte.“ Dann erzählte er ihnen alles, was er über den Hexenjäger wusste.

Der Mann war offenbar ein Fanatiker. Jemand, der sich vor Hexen fürchtete und sie zugleich hasste. Wahrscheinlich hatte er irgendwann einmal etwas Schlimmes erlebt, was ihn sehr stark verängstigt hatte.

Seine Drohbriefe hatte er an viele Leute in der Unterhaltungsbranche geschickt, die er für Hexen hielt. Darin bezeichnete er die Empfänger als Hexen oder Hexer, drohte damit, dass er sie „outen“ und ihr Geheimnis der ganzen Welt verraten würde. Solche Verrückten gebe es ziemlich viele, erklärte Brice, aber dieser Typ unterscheide sich von den anderen, weil er besonders clever oder so sensibel sei, dass er echte Hexen tatsächlich erkennen könne. Und das könne nur eins bedeuten: dass der Hexenjäger selbst über bestimmte … magische Kräfte verfüge. Er sei wahrscheinlich kein Hexer, aber vielleicht besitze er eine besonders scharfe Intuition oder Empfindsamkeit für übernatürliche Dinge. Ein „zweites Gesicht“ sozusagen, einen fortgeschrittenen Grad an übersinnlicher Wahrnehmung …

Wie Dave, dachte Cam automatisch. Denn ihr Adoptivvater war ebenfalls ein „Sensitiver“, ein Mensch mit extrem hoch entwickelter Intuition und übersinnlichen Fähigkeiten. Deshalb war Dave ausgewählt worden, um Cams Beschützer zu sein.

„Habt ihr eine Idee, wen er gemeint haben könnte, als er von ‚drei Hexen‘ sprach?“, fragte Brice und schreckte Cam aus ihren Gedanken.

„Sie selbst natürlich“, gab Alex sofort zurück. Aber dann fiel ihr plötzlich etwas ein. „Nein, warten Sie mal … Er sagte das nur zu *uns*. In dem Moment standen Sie ja ein ganzes Stück weit entfernt auf der Treppe.“

Brice nickte und Cam fiel noch etwas anderes ein. In dem Moment, als der Hexenjäger das Absperrseil durchschlug, hatte sie die Gedanken von einer anderen Person gehört.

Haltet ihn doch auf! Jetzt war ihr klar, dass das nicht Alex' Gedanken gewesen waren. Das war von jemand anderem gekommen – von einer Person, die ganz in der Nähe gestanden hatte.

Kapitel 4

EINE FRAGE DES VERTRAUENS

„Dieser Schuft! Diese treulose Ratte! Wie konnte er es wagen!“ Wenn Ileana vor Wut fast die Kontrolle verlor, trug gewöhnlich Brice Stanley die Schuld daran. In Augenblicken wie diesem war Ileana weder elegant noch schön, sondern ihre Launen waren ganz einfach Furcht erregend. Ihre metallisch grauen Augen sprühten förmlich Funken, als sie sie auf ein Foto ihres Geliebten richtete – ein Hochglanzporträt des Filmstars, das er eigenhändig für Ileana signiert hatte und das für sie normalerweise eine Art Heiligtum darstellte. Noch vor kurzem hätte ein dermaßen wütender Blick gereicht, um das Foto sofort in Flammen aufgehen zu lassen. Doch das war vorbei – Ileana hatte alle ihre Hexenkräfte verloren.

Nur ihre Hexenlaunen nicht.

Mit vor Wut zitternden Händen riss sie das Foto aus dem Rahmen. „Wie kannst du es wagen“, fauchte sie das Bild an und riss es in der Mitte entzwei, „mir so etwas anzutun? *Mir*?“

Sie wirbelte herum und suchte nach einem neuen Objekt, an dem sie ihre Zerstörungslaune austoben konnte. Ihr Blick fiel auf die Titelseite des ‚Coventry Island Tattler'. Das Foto auf der Titelseite hatte ihren Wutanfall ausgelöst. Es zeigte den Star, der sich im Scheinwerferglanz bei der Premiere seines neuen Films ‚Hexenstunde' sonnte – und an seiner Seite, einen Arm schlangenhaft um seine Hüfte geschmiegt, war eine Frau – die nicht Ileana hieß.

Den Artikel zu diesem Coverfoto hatte Ileana erst gar nicht gelesen. Es interessierte sie nicht, wer Brice' neue Flamme war, und sie wollte auch keine Einzelheiten über die Premiere erfahren, die eigentlich Ileanas Starauftritt hätte sein sollen.

Denn Brice Stanley hatte zuerst Ileana eingeladen, ihn zur Premiere zu begleiten. Doch dann hatte er in allerletzter Minute angerufen und die Verabredung abgesagt.

Ileana war so verblüfft gewesen, dass sie nur einen theatralischen Schrei hatte ausstoßen können: „Warum?"

Brice hatte darauf nichts weiter gesagt als: „Vertrau mir einfach." Und hatte aufgelegt.

Mit lila lackierten Nägeln, schärfer als die Klauen eines Raubvogels, griff Ileana nach dem Magazin mit dem Foto ihres verflossenen Liebsten, knüllte es zusammen und schleuderte es quer durch den Raum.

Das reichte fürs Erste. Ihre Wut verrauchte. Ileana hatte Wichtigeres zu tun, als sich um diesen verdrehten, eingebildeten Typ mit seinem schleimigen „Vertrau mir einfach" zu grämen.

Eine sehr dringliche Angelegenheit war zu regeln. Eine Sache von gewaltiger Bedeutung.
Schon der Gedanke daran ließ Ileanas Herz, das eben noch vor Wut gerast hatte, schlagartig voller Furcht in die Magengegend rutschen.
Jemand hatte ihr das Buch mit den letzten Aufzeichnungen gestohlen, die ihr von ihrem weisen und geliebten Vormund anvertraut worden waren. Es war so unersetzlich wie der alte Mann selbst. Karsh. Mit seiner zittrigen Schrift hatte er die Geheimnisse ganzer Generationen aufgezeichnet. Und mit seinem letzten Atemzug hatte er Ileana angefleht, genau zu lesen, was er ihr hinterlassen hatte.
Natürlich hatte sie es gelesen.
Und sie hatte seine Aufzeichnungen an einem sehr sicheren Ort aufbewahrt – im Innern eines hohlen Buches, in dem auch Karsh die Blätter immer versteckt hatte. In ihrem eigenen Haus. Neben ihrem eigenen Bett. Auf ihrem eigenen Nachttisch.
Auf dem Nachttisch stand noch ein anderes wertvolles Geschenk – ein Parfümflakon aus Kristallglas, den ihr Brice geschenkt hatte und der einmal seiner Mutter und davor seiner Großmutter gehört hatte.
Jetzt war das Buch verschwunden. Während das Geschenk des treulosen, widerwärtigen Brice noch da war.
Keine Frage – das Ding musste weg. Sie wollte es nicht mehr sehen, nie mehr. Wieder flammte Wut in ihr hoch, dass Brice sie so schmählich versetzt hatte. Sie starrte den Flakon wütend an.

Unter ihrem Blick zersprang die Flasche in tausend Scherben, die wie ein Sprühregen über den Teppich niedergingen.
Ileana fuhr buchstäblich einen Schritt zurück. Entsetzt betrachtete sie die Bescherung. Eigentlich hatte sie die Flasche nur aus den Augen haben wollen, von zerbrechen war keine Rede gewesen. Oder besser gesagt: Sie hatte keine Ahnung gehabt, dass sie das Ding nur durch ihren Blick zerstören konnte.
Eine federleichte Stimme klang durch den Raum. „Du benimmst dich wie ein dummer kleiner Teenager. Er hat doch nur versucht, dich zu schützen."
Ileana wirbelte herum. Wie lange hatte Miranda in der Schlafzimmertür gestanden und sie beobachtet? Miranda DuBaer, die Mutter der Zwillinge, die immer noch würdevoll aussah, obwohl sie ein langes und schmerzliches Exil hinter sich hatte.
„Meinst du etwa Brice? Er wollte mich schützen? Ja, aber nur, damit ich nicht merke, wie er mich betrügt! Ich sollte ihn eigentlich zur Premiere begleiten!", stieß Ileana hervor. „Er hat mich einfach versetzt! Nur damit er mit diesem … diesem halbseidenen …"
„Bodyguard", warf Miranda sachlich ein. „Du hast dir wohl nicht die Mühe gemacht, den Artikel zu lesen, stimmt's? Du hast nur das Titelfoto gesehen und bist sofort ausgerastet." Sie hob die Zeitung auf, die Ileana in eine Ecke gefeuert hatte. Sorgfältig strich sie die zerknitterten Blätter glatt und las Ileana die wichtigsten Passagen des Artikels vor.

„Okay. Also gut, er hatte nichts am Hut mit ihr." Ileana war die Sache peinlich, aber sie war noch weit davon entfernt, Brice alles zu glauben. Sie verschränkte die Arme. Anscheinend hatte Brice gewusst, dass irgendein Verrückter versuchen könnte, ihm bei der Premiere aufzulauern. Aber warum hatte er ihr das nicht anvertraut? Hielt er sie nicht für vertrauenswürdig? Glaubte er, dass sie kein Geheimnis für sich behalten könne?

„Geheimnis?", echote Miranda Ileanas Gedanken. „Wenn wir schon davon reden – ich hab Karshs Aufzeichnungen auf Crailmore nicht gefunden."

Crailmore war der Wohnsitz von Ileanas verhasstem Vater, Lord Thantos DuBaer. „Hast du etwa Thantos' ganze Festung durchsucht?", fragte die junge Hexe.

„Natürlich. Thantos war nicht da und das Buch leider auch nicht." Miranda setzte sich in einen weich gepolsterten Sessel und beobachtete ruhig ihre Nichte, die immer noch aufgewühlt im Raum hin und her ging. „Ileana, wozu brauchen wir denn Karshs Aufzeichnungen? Wir wissen doch, was drinsteht, du hast es mir doch erzählt. Wozu sollen wir noch danach suchen?"

„Ich hab dir nicht alles erzählt", gestand Ileana und ließ sich in einen Sessel fallen. Miranda blickte sie ernst und erwartungsvoll an.

Ileana hatte Miranda zwar von dem berüchtigten Antayus-Fluch erzählt, der vor hunderten von Jahren voll Hass und Schmerz ausgestoßen worden war und der in jeder Generation einem männlichen Nachkommen der DuBaer-Familie

einen frühen Tod verkündete. Der Fluch habe seit den Hexenprozessen von Salem nicht eine einzige Generation übersprungen, hatte Karsh geschrieben.
Was sie Miranda nicht erzählt hatte, war die Lösung, die sich Karsh Antayus und sein bester Freund Nathaniel DuBaer ausgedacht hatten. Nathaniel, der Vater des betrügerischen Thantos, hatte versucht, das Blutvergießen zu beenden.
Nathaniel und Karsh hatten beschlossen, dass die Dynastie von ihrer Generation an nur noch von Frauen geführt werden sollte.
Von den Frauen des DuBaer-Clans.
Und das bedeutete, dass Apolla und Artemis – oder Camryn und Alexandra – die rechtmäßigen Führerinnen des Clans sein würden. Die Zwillinge, die Mirandas Kinder und Ileanas Mündel waren.
Thantos wusste davon und bestritt es vehement. Denn dieses Geheimnis bedeutete, dass er die Kontrolle über das fast unbegrenzte Familienvermögen und den mächtigen Clan der DuBaers verlieren würde.
Aber für das alles gab es nur einen einzigen Beweis: Karshs Aufzeichnungen, von ihm persönlich und von Hand niedergeschrieben.
Nicht alle Bewohner der Insel Coventry würden dem Wort der überheblichen Ileana glauben – auch nicht dem Mirandas, die nicht nur die Mutter der Zwillinge war, sondern bis vor kurzem noch als verrückt gegolten hatte.
„Also gut." Miranda hatte Ileanas Gedanken gehört und

seufzte resigniert. „In diesem Fall müssen wir … werden wir … das Buch eben finden. Aber wenn Karsh von diesem Fluch wusste, warum hat er dann nicht vor langer Zeit schon die ganze Wahrheit verkündet und Thantos davon abgehalten, sich unrechtmäßig das Vermögen anzueignen?“, sagte sie leise wie zu sich selbst. Und fast gleichzeitig wusste sie plötzlich die Antwort auf ihre Frage. Damals hatte es keine DuBaer-Frauen gegeben, die sich Thantos hätten in den Weg stellen können. Doch jetzt gab es gleich zwei …

Ileana nickte. „Sobald Camryn und Alex die Weihen empfangen haben, müssen sie ihr vorbestimmtes Schicksal erfüllen. Thantos hatte nichts von ihnen zu fürchten, solange sie getrennt voneinander lebten.“

„Aber“, unterbrach sie Miranda, „er hatte doch geglaubt, dass sie tot seien …“

Das war alles nur Lüge!, wollte Ileana schreien. Thantos wollte Miranda still und gefügig unter seiner Kontrolle halten. Sie sagte es nicht laut, denn sie wusste, dass Miranda diese Wahrheit niemals akzeptieren würde – jedenfalls so lange nicht, wie sie nicht bewiesen werden konnte.

Ileana fuhr fort: „Jedenfalls sind die Zwillinge nur gemeinsam fähig, Thantos abzulösen. Und erst nach ihrer Weihe werden sie stark genug sein, um ihn tatsächlich zu stürzen, und auch dann nur gemeinsam. Deshalb wollte er verhindern, dass sie jemals zusammenkommen. Und genau deshalb hat es Karsh arrangiert, dass sie sich begegneten.“

Bevor die Zwillinge geboren wurden, hatte Miranda die

mutterlos aufwachsende Ileana unter ihre Fittiche genommen. Die alte Vertrautheit wie zwischen Mutter und Tochter war erst in den letzten Wochen wieder zurückgekehrt und zu einer festen Freundschaft geworden. Miranda stand auf und legte der jungen Hexe den Arm um die Schultern.
„Für Thantos steht eine Menge auf dem Spiel, wenn Karshs Aufzeichnungen beweisen, dass er sich unrechtmäßig das Familienvermögen angeeignet hat. Wahrscheinlich hat er deshalb das Buch gestohlen."
„Seine Lordschaft würde sich niemals zu einem Kleindiebstahl herablassen", entgegnete Ileana. „Solche Bagatellen überlässt er seinen Lakaien."
„Aber wer würde das für ihn tun?", überlegte Miranda laut.
Ileana hörte sie nicht mehr. Ihr Magen zog sich zusammen und sie wurde von plötzlicher Übelkeit überwältigt. Eine Empfindung, die ihr sowohl vertraut als auch fremd war; ein Gefühl, das sie völlig überraschte, und gerade deshalb freute sie sich darüber. Denn sie hatte dieses Gefühl schon seit einiger Zeit nicht mehr empfunden ... nicht mehr seit dem schockierenden Augenblick, als sie herausgefunden hatte, dass Thantos ihr Vater war.
Ihre Augen wurden trüb, sie nahm alles nur noch verschwommen wahr. Und dann plötzlich war ihr Blick kristallklar und sie sah eine Szene deutlich vor sich. Ileana sah ein Mädchen auf einer Klippe hoch über dem aufgewühlten Meer stehen. In den Händen hielt sie ein geöffnetes Buch, dessen Seiten im Wind flatterten. Der weite schwarze Umhang bauschte sich auf und ihr langes rabenschwarzes

Haar wehte. Sie hatte violette Augen und ihre knallrot bemalten, wohlgeformten Lippen kräuselten sich verächtlich, während sie in Karshs Aufzeichnungen las.
Miranda hatte diese Vision nicht. Aber dafür wusste sie plötzlich etwas, was die jüngere Hexe nicht wusste. Als habe ihr jemand einen Namen ins Ohr geflüstert.
Sersee.

Kapitel 5

SENSITIVE UND BESCHÜTZER

Es war Sommer geworden und das war inzwischen unübersehbar. Cam wunderte sich, warum ihr die Blütenpracht und das satte Grün der Büsche und Bäume nicht schon früher aufgefallen waren. Sie saß hinter dem Fußballplatz auf einer einfachen Holzbank und blickte sich staunend um. Sie hatte über die Aufregung der letzten Tage ihre Umgebung ganz vergessen.

Auch in ihr grünte es, sozusagen. Am Samstagabend hatte sie zum ersten Mal die Gedanken eines anderen Menschen gehört, wenn man von Alex absah. Aber wessen Gedanken? Wer außer ihr und Alex hatte schon im Voraus gewusst, was gleich passieren würde?

Cam wischte sich mit dem Ärmel ihres Fußballtrikots den Schweiß von der Stirn. Das Fußballtraining war hart gewesen. Die Trainingsstunde war für heute vorbei und jetzt genehmigte sie sich ein paar Minuten Ruhe, um mal gründlich darüber nachzudenken, was genau am Samstagabend passiert war.

Die Erinnerung an den verrückten Fremden in dem schwarzen Umhang verfolgte sie wie ein Albtraum. Dass dieser Typ hier in der Nähe von Marble Bay aufgetaucht war, zerstörte das Gefühl von Sicherheit, das sie in Marble Bay immer empfunden hatte. Marble Bay war für sie so etwas wie ein sicherer Hafen gewesen. Das konnte sie jetzt wohl vergessen.

Sie wollte noch einmal alles in Gedanken ganz genau durchgehen, was sie über den Hexenjäger wusste. Da war der Beinahe-Zusammenstoß. Dann sein wütendes Gebrüll bei der Premiere, sein Angriff auf Brice und seine Drohung: „Nächstes Mal seid ihr dran. Alle drei!" Wer war dieser Typ und was wollte er?

Eine leichte Brise spielte mit einer Haarsträhne, die sich aus ihrem Pferdeschwanz gelöst hatte. Eine warme Brise, aber dennoch lief es Cam kalt über den Rücken. Eine unangenehme Erinnerung tauchte plötzlich auf. Urplötzlich erinnerte sich Cam wieder an die Höhle auf der Insel Coventry. Erhellt von Kerzen; Felsenwände, nass glänzend und eisig kalt. An einer der Wände war eine Kette befestigt und die Kette hielt einen kranken, unruhig hin und her schleichenden Panter gefangen … Jason.

„Alles okay?"

Cam öffnete die Augen und da stand er vor ihr: Jason Weissman. Ein großer, athletischer Junge mit einem breiten Grinsen, das hundertprozentig immer dann auf seinem Gesicht erschien, wenn er Cam sah. Jason, der Junge, den sie am meisten mochte und der ihr Traumheld war, ihr bes-

ter Freund und Beschützer, auf den immer Verlass war. Den Sersee damals in eine Bestie verwandelt hatte.
Sersee. Cam konnte einfach die bittere Erinnerung an diese Person nicht loswerden. An das ebenholzfarbene Haar, das blasse, verächtliche Gesicht mit den spöttischen violetten Augen. Eine ehrgeizige, eifersüchtige, rücksichtslose junge Hexe mit ganz ungewöhnlichen magischen Kräften, die sie in diesem Alter eigentlich noch gar nicht haben konnte. Eine Hexe, die alles zerstörte, was sich ihr in den Weg stellte, die mit äußerst fatalen Flüchen um sich warf und die jeden denkbaren Zauberspruch bedenkenlos ausnutzte, um ihren Willen durchzusetzen.
Damals, in der Höhle von Coventry, hatten Cam und Alex mit Ileanas und Mirandas Hilfe Sersees Zaubersprüche wieder aufheben können. Sie hatten es sogar geschafft, die gesamte Episode aus Jasons Gedächtnis zu löschen. Wenn sie nur auch aus ihrem, Cams, eigenem Gedächtnis gelöscht werden könnte!
„Cami, du wirst nicht glauben, was ich dir gleich erzähle!" Jason ließ sich neben ihr auf die Bank fallen, die unter dem Gewicht seiner durchtrainierten Einsachtzig fast zusammenbrach.
Einen Augenblick lang blickte sie ihn verständnislos an, dann kehrte sie mit einem Ruck in die Gegenwart zurück. Plötzlich war sie unendlich froh, ihn neben sich zu sehen. Es war ein gutes Gefühl zu wissen, dass Jason immer für sie da war, verlässlich, geradezu heldenhaft mutig – da war es völlig egal, wie viele verrückte Hexenjäger hinter ihr her

waren. War ihr Jason nicht sogar den ganzen Weg nach Coventry Island gefolgt, nur um sie zu beschützen? Was dann allerdings gründlich schief gelaufen war.
„Hey!", rief Jason ungeduldig und berührte sie an der Schulter. „Willst du nicht hören, was ich dir zu erzählen habe?"
„Aber klar doch!" Cam zwang sich zu einem Lächeln, sah sein vor Aufregung gerötetes Gesicht und ihr Lächeln war auf einmal nicht mehr gezwungen, sondern echt – weil sie ihn sah. „Warum bist du denn so aufgedreht?"
„Du schnallst ab, wenn du das hörst: Ich bin im Team! Bin in der Endauswahl. Nächste Saison spiele ich für Nebraska. Oder jedenfalls hab ich eine Spitzenchance, sagen sie. Sie haben mich gestern angerufen …"
„Ist ja super!"
Jason war ein Basketball-Wunderkind. Für diese Sportart reichte zwar seine Größe nur knapp aus, aber dafür war sein Ballgefühl einmalig. Und jetzt hatte er ein hoch dotiertes Stipendium für das Sportstudium erhalten.
„Ja, genau!", fuhr Jason fort. „Nach der Abschlussprüfung geh ich sofort nach Nebraska. Ich nehme im Sommer an einem Trainingslager teil."
Seine Begeisterung war ansteckend. „Das ist wirklich sagenhaft!", rief Cam. „Jase, einfach wunderbar! Das heißt ja …" Plötzlich brach sie ab. Schaute ihn an. Schluckte schwer. „Das heißt, dass du weggehst", fuhr sie leise fort. Es war heraus und sie konnte die Worte nicht mehr zurücknehmen.

„Ja, klar, aber erst nach dem Abschluss“, wiederholte er leichthin, aber sein Gesichtsausdruck war plötzlich unsicher geworden. „Wir haben noch ein paar Wochen bis dahin, Cami …“, sagte er vorsichtig. „Ich muss jetzt wieder los. Okay? Wollte nur, dass du es als Erste erfährst …“

„Klar.“ Cam schluckte. Warum war ihr plötzlich so flau im Magen? Warum spürte sie dieses seltsame Gefühl des … Verlassenwerdens? Für Jason war es doch einfach genial, dass er das erreicht hatte! Endlich wurde sein Traum Wirklichkeit und je weiter er von ihr weg war, desto sicherer war er doch. Denn dort würde ihn niemand mehr als Köder benutzen können, um sie und Alex zu erwischen, niemand würde ihn gefangen nehmen und verhexen und in eine Fleisch fressende Bestie verwandeln können.

Nur würde er ihr eben fehlen. Ziemlich sogar.

Komm, hör schon auf, ermahnte sie sich. Schließlich musst du ja den Sommer nicht allein in der Wüste verbringen. Und wenn du Rückendeckung brauchst, sind schließlich auch Ileana und Miranda da. Und vor allem … Alex.

Cams Herz fühlte sich zwar immer noch zentnerschwer an, aber sie holte tief Luft und brachte tatsächlich ein Lächeln zu Stande – ein strahlendes Lächeln, wie sie hoffte. „Jase, das ist ja super! Echt. Ich freu mich total für dich …“

„Also ändert sich nichts zwischen uns?“, sagte Jason erleichtert und sprang auf. Er verpasste ihr einen Kuss auf die Wange und sprintete davon.

Fast wäre er mit Alex zusammengeprallt, die über den Rasen gelaufen kam und es offenbar eilig hatte, ihrer Schwes-

ter etwas zu erzählen. Beide mussten lachen. „Brennt's bei dir, oder was?", fragte Jason.
„Klar – mein Herz!", grinste Alex und raste weiter.
„Hi, Cami – du wirst nicht glauben, was ich dir gleich erzähle!", rief Alex aufgeregt.
„Den Satz hab ich doch heute schon mal gehört", murmelte Cam halblaut. „Lass mich raten: Du hast herausgefunden, dass deine Mutter Sharon Stone heißt und dein Vater Sankt Nikolaus."
„Ziemlich nahe dran ..."
„Oder du hast ein Stipendium für Hexerei in Alaska bekommen ..."
„Noch näher."
„Du hast herausgefunden, wer der Hexenjäger ist", vermutete Cam schließlich. Ihre Stimme hatte einen traurig sarkastischen Klang.
„Das hab ich mir erst für morgen vorgenommen", gab Alex zurück und platzte schließlich heraus: „Erinnerst du dich an Cade?"
Cade Richman. Alex' großer, dunkelhaariger und ausgesprochen gut aussehender Typ vom vergangenen Jahr. Wie hätte Cam den vergessen können? Cade war so nahe wie sonst niemand dran gewesen, diesen Klumpen von stählernem Beton aufzuweichen, den Alex als ihr „Herz" bezeichnete. Ein Typ, der in einer Schickimicki-Villa in Marble Bay Hights lebte, aber trotzdem in durchgescheuerten Jeans, schwarzem T-Shirt und Motorradstiefeln zur Schule gekommen war. Jedenfalls kein Typ, der leicht zu durch-

schauen war. Cam erinnerte sich nur zu deutlich, wie hart es für Alex gewesen war, als Cade mit seiner Familie am Ende des letzten Schuljahres nach Paris gezogen war.

„Stell dir vor: Er kommt zurück! Ich hab eben meine E-Mails im Computerraum gelesen und er hat mir geschrieben und sagt, dass er den Sommer in Marble Bay verbringen wird!"

Cam konnte nichts mehr sagen. Sie bekam fast keine Luft mehr. Ihr Mund verzog sich zu einem Lächeln, das so total daneben war, dass sie sich fast schämte, und starrte ihre Schwester nur an. Zum zweiten Mal innerhalb von Minuten musste sie sich über etwas freuen, worüber sie sich nicht freuen mochte. Natürlich missgönnte sie Alex ihre Sommeraffäre nicht, aber …

„Was?!", wollte Alex wissen, die ihre Gedanken gehört hatte. „Glaubst du etwa, dass ich mich nicht mehr um den Irren kümmern will, der uns bedroht, nur weil Cade in der Gegend herumhängt? So weit ich betroffen bin, verschiebt sich dadurch höchstens der Termin."

„Welcher Termin?"

„Der Termin, an dem ich diesen Kostümfetischisten fange und kaltstelle."

Beim Abendessen hatte Alex nur ein Thema – Cade hier und Cade da. Cam schob dagegen ihr Essen lustlos auf dem Teller hin und her; Jason und der Hexenjäger gingen ihr nicht mehr aus dem Sinn. Und als der Tisch abgeräumt werden musste, hatte Alex tatsächlich die Dreistigkeit, mit der Ausrede zu kommen, sie müsse jetzt gleich ihre E-Mails lesen und würde dafür am nächsten Tag mehr als nur ihren normalen Küchendienst machen.

Emily, Cams Adoptivmutter, wollte schon protestieren, als Dave nur leicht seinen Lockenkopf schüttelte, woraufhin Emily schließlich den Mund hielt.

„Ich bin mit dem Müll dran. Ihr braucht mich also erst später, stimmt's?", verkündete Dylan, Cams Bruder, und verschwand ebenso schnell wie Alex.

„Emily, wir machen das", sagte Dave, stand auf und fing an, das Geschirr abzuräumen. „Warum entspannst du dich nicht einfach?"

„Also gut, ruft mich, falls ihr trotzdem Hilfe braucht", sagte Emily dankbar und ging ins Wohnzimmer.

„Dad, ich werde damit schon allein fertig", sagte Cam zu ihrem Vater.

„Nein, nein", sagte Dave beharrlich, „mir macht es nichts aus. Ich würde gern … Machen wir doch einfach mal wieder ein wenig auf Vater-Tochter …"

Cam beäugte ihn misstrauisch. Daves Gefühle waren ihm immer deutlich ins Gesicht geschrieben: Sein buschiger Schnurrbart war so etwas wie eine Wetterfahne. War er glücklich und zufrieden, so standen die Schnurrbartenden steil nach oben. Doch wenn er unglücklich oder wütend war, zupfte er daran, sodass sie nach unten hingen. Manchmal kaute er dann auch gedankenverloren auf einem Ende herum. Im Moment standen sie irgendwo in der Mitte mit leichter Abwärtstendenz und signalisierten eine nachdenkliche Stimmung. Oder sorgenvolle Verwirrung? Cam war sich sicher, dass sie es gleich erfahren würde.

Sie stellte die Teller in das Abwaschbecken. „Also, was ist los?“, fragte sie.

„Gute Frage“, gab Dave zurück. „Das wollte ich eigentlich von dir wissen.“

„Ni…“, antwortete Cam automatisch.

„Und komm mir bloß nicht mit ‚nichts‘“, sagte Dave fast gleichzeitig. „Ich spüre es und fühle es. Du bist wegen irgendeiner Sache durcheinander. Wegen dem Irren, der die Premiere am Samstagabend störte? Oder weil Jason früher von der Schule abgeht?“

Mit der Nachricht war Alex herausgeplatzt, kaum dass sie sich zum Abendessen an den Tisch gesetzt hatten.

„Nein.“ Cam wollte eigentlich schon alles abstreiten, doch dann überlegte sie es sich anders und gab zu: „Ein bisschen von beidem, schätze ich.“ Dann kam ihr ein Gedanke. „Was meinst du, wenn du sagst, dass du es spüren oder fühlen kannst, dass etwas nicht in Ordnung ist, Dad? Meinst du das wie jeder normale Mensch? Oder hast du immer noch dieses ‚zweite Gesicht‘, das Karsh bemerkte, als ihr euch kennen gelernt habt?“

„Karsh.“ Dave setzte sich an den Küchentisch und winkte Cam, sich zu ihm zu setzen. „Steckt das dahinter – dass er dir fehlt? Du und Alex seid nicht mehr dieselben, seit ihr von seiner Beerdigung auf Coventry Island zurück seid.“

In Cams Adoptivfamilie wusste nur eine einzige Person,

dass sie und Alex ihren Geburtsort, die Insel, besucht hatten – und das war Dave. Nur er hatte den alten Hexer kennen gelernt, der die Zwillinge gerettet hatte, als sie noch Babys waren. Karsh selbst hatte Dave als Cams Beschützer ausgewählt.

„Ist dort irgendetwas passiert, was du mir noch nicht erzählt hast?", fragte Dave. „Etwas Schlimmes?"

„Warum?", fragte Cam ein wenig zu forsch. „Was spürst du denn? Kannst du Dinge sehen, die woanders passieren? Oder kannst du hören, was ich denke?"

Die Schnurrbartenden zeigten nach unten. Doch dann begriff Dave, was Cam von ihm wissen wollte. „Okay. Ich glaube, wir sollten mal ganz offen miteinander reden."

Cam nickte dankbar. Erst jetzt setzte sie sich an den Tisch.

„Als ich Karsh zum ersten Mal begegnete, war ich schon ziemlich gut darin ... ich meine, ich wusste oder spürte manchmal, was die Leute dachten, auch wenn ich es nicht wirklich hörte", versuchte Dave zu erklären. „Ich war ... hochgradig intuitiv, glaube ich. Karsh nannte mich einen Sensitiven. Aber natürlich lachte er nur, als ich ihm zeigen wollte, was ich konnte. Ich war ja ein absoluter Anfänger, fürchte ich, und es waren ja nur ganz einfach Gefühle, die ich hatte, vielleicht sogar nur Einbildungen."

Dave schwieg, dann fragte er: „Erinnerst du dich an dieses eigenartige Lachen, das Karsh manchmal von sich gab? Es wirkte nie spöttisch. Ich hatte immer das Gefühl, dass er auf meiner Seite stand. Ich traf ihn zum ersten Mal bei einer Konferenz über Parapsychologie, verstehst du, eine

Konferenz, bei der Leute zusammenkommen, die sich für übersinnliche Wahrnehmung interessieren oder für psychisches Heilen, wobei nur mit Willenskraft erstaunliche Dinge vollbracht werden – die meisten Leute halten das entweder für Magie oder für Wahnsinn …"

„Und dann kamst du mit ihm ins Gespräch." Cam kannte die Geschichte bereits und wollte sie ein wenig abkürzen. „Und er mochte dich und dachte, du würdest den perfekten Vater abgeben …"

„Den perfekten Beschützer", berichtigte Dave. „Ein Beschützer ist ein Mensch, der über hohe Intuition und Intelligenz verfügt – grinse nicht, das sind Karshs Worte, nicht meine!", fügte er bescheiden hinzu. „Ein Sensitiver hat ein ausgeprägtes Gespür für Loyalität, Liebe und Hilfsbereitschaft. Na ja, aber was heißt schon perfekt? Ein perfektes Wesen gibt es nicht, Cam. Auch ein Beschützer ist nur ein Mensch wie jeder andere und hat deshalb die gleichen Fehler. Bevor ich überhaupt nur zugestimmt hatte, dich aufzunehmen, erzählte mir Karsh eine Menge Geschichten von Beschützern, die total versagt hatten. Leute, denen man Hexen oder Hexer im Babyalter übergeben hatte und die dann irgendwann der Aufgabe nicht mehr gewachsen waren. Entweder waren sie selbst zu schwach oder ihre Pflegekinder waren zu stark."

Diesen düsteren Teil der Geschichte kannte Cam noch nicht. „Aber du wolltest trotzdem Beschützer werden?"

„Darum ging es eigentlich damals noch gar nicht. Das erste Treffen mit Karsh fand ein paar Jahre vor der Zeit statt, als ich deine Mutter kennen lernte und sie heiratete. Mehrere Jahre später begegneten wir uns wieder bei einer Konferenz. Emily und ich hatten inzwischen vergeblich versucht, Kinder zu bekommen. Natürlich erzählte ich ihm davon. Es gab eigentlich nichts, worüber ich mit ihm nicht sprechen konnte. Ich kann mich sonst an nichts mehr erinnern, was bei der Tagung geschah. Nur eins …" Dave schien plötzlich etwas einzufallen. „Ich glaube, er fragte mich, ob ich bereit wäre, meine eigenen, ständig wachsenden Fähigkeiten aufzugeben, um einen anderen Menschen zu fördern … einen Menschen, dessen Fähigkeiten weit größer waren als meine, vielleicht ein Kind …"

Dave zuckte die Schultern. „Ich sagte, dass ich mir das gut vorstellen könne. Im Grunde war ich ja immer noch ein echter Amateur. Manchmal führte ich bei einer Party ein bisschen Telekinese oder übersinnliche Wahrnehmung vor, sehr zur Belustigung unserer Freunde. Karsh forderte von mir, dass ich meine eigenen Fähigkeiten völlig aufgab, um jemandem zu helfen, dessen Fähigkeiten für etwas viel Wichtigeres gebraucht wurden. Ich glaube, er sagte sogar, ich müsse dem Universum helfen und allen, die sich darin befinden. Irgendwas in der Richtung. Und erst, als er dich zu mir brachte", fuhr Dave fort und legte seine Hand auf Cams, „sprach er zum ersten Mal von Hexen und Hexern. Aber da war es schon zu spät. Ich hatte nur einen einzigen Blick auf dich geworfen und wusste sofort und ohne jeden Zweifel, dass es kein Zurück mehr gab."

Alex hörte die Unterhaltung zwischen Cam und Dave, obwohl sie sie nicht hören wollte. Ein Gefühl der Leere und der Verlassenheit stieg in ihr hoch, wie Schauder bei einem kalten Wind. Das waren die Zeiten, in denen sie sich so einsam wie nie vorkam. Die Familie Barnes hatte sie aufgenommen und hatte alles getan, damit sie sich hier wirklich wie ein Mitglied der Familie fühlen konnte – aber niemals würde sie sich Dave und Emily so zugehörig fühlen wie Cam.

Alex hatte ihre eigene Beschützerin gehabt, Sara Fielding. Jetzt fragte sie sich, ob Sara auch so etwas wie Hexentalente gehabt hatte, die sie für Alex hatte aufgeben müssen, um sich voll und ganz um sie kümmern zu können. Und … hätte sie sich vielleicht sogar retten können, wenn sie diese Talente behalten hätte? Hätte sie dem Tod ein Schnippchen schlagen, den Krebs besiegen und sich vielleicht sogar von der Krankheit erholen können?

Jetzt wünschte sich Alex plötzlich, sie hätte mehr Zeit mit ihrer Mutter verbracht. Nein, verbesserte sie sich, mit ihrer Beschützerin. Mit Sara. Wenn sie sie nur einfach fragen könnte, so wie Cam jetzt mit ihrem Vater redete, wie Saras Leben gewesen war, bevor sie Karsh begegnet war – wie er sie gefunden und warum er sie als Beschützerin für Alex gewählt hatte.

Vor allem aber wollte Alex eins wissen: Ob sie selbst einen Zauberspruch gegen Saras Krankheit hätte anwenden können, ob sie mit ihren Kristallen und Kräutern die tödlichen Krebszellen hätte vernichten können, die Saras Lungen zerfraßen – so ähnlich, wie sie dem Hexenjäger die Waffe aus der Hand gerissen hatte.

„Also, sag schon: Wo ist er?“, brach Dylans Stimme in ihre immer trüber werdende Stimmung.

„Was?“ Sie hatte mit leerem Blick ihren Computerbildschirm angestarrt. Jetzt fuhr sie herum. Konnte Dylan ihre Gedanken lesen? Dylan war Dave und Emilys leibliches Kind. Mit Hexerei hatte er nichts zu tun, doch einen Augenblick lang starrte sie Cams blonden Bruder verwirrt an.

„Dein Möchtegern-Franzose. Wo steckt er?“, wiederholte Dylan mit übertrieben geduldiger Stimme und drehte an den Stimmwirbeln seiner Gitarre. „Dein ausgerissener Liebster.“ Er schlug einen Akkord an und stimmte die G-Saite. „Dein treuloser Franzose. Kommt er oder kommt er nicht, das ist hier die Frage ...“

Er redete von Cade. Natürlich, von wem sonst? Sie hatte gerade ihren Computer angemacht und ihre E-Mailseite aufgerufen, als sie durch das Gespräch zwischen Dave und Cam unten in der Küche abgelenkt worden war.

Alex entspannte sich und lachte. „Hör schon auf, Mann. Du kannst dichten, so viel du willst, du wirst doch nie ein Shakespeare.“

„Jetzt sag schon, Baby!“, gab Dylan mit breitem Grinsen zurück. „Also, was schreibt Cade? Wann kommt er zurück? Und überhaupt, wo ist er jetzt gerade?“

„In England“, antwortete Alex, während Dylan beiläufig näher rutschte und versuchte, an ihr vorbei auf ihren Bildschirm zu linsen. Sie sagte nicht: „In England, glaube ich.“

Denn mit Glauben hatte das nichts zu tun. Es war viel mehr …

Cade war in England. In London, um genau zu sein. Noch genauer: in seinem Hotelzimmer …

Alex *spürte* es. Und daher *wusste* sie es.

Dylans Frage hatte ihre übernatürlichen Fähigkeiten sozusagen aktiviert. Genau in dem Augenblick, als sie seine Frage beantworten wollte, hatte sie ein völlig irres Gefühl verspürt – wie ein plötzlich hinter ihren Augenlidern aufzuckendes Bild. Die Kontinente waren wie in einem wilden Farbenwirbel an ihr vorbeigehuscht. Unbekannte Orte und Menschen. Ein Lärm, der aus einem wilden Durcheinander von Sprachen und Klängen bestand. Dann wurde alles langsamer. Gleichzeitig hörte sie eine Art tickendes Geräusch, das immer lauter wurde – und plötzlich stand alles still. Jetzt sah sie nichts mehr. Aber dafür wusste sie, was sie vorher nicht gewusst hatte.

„Er ist unterwegs", erklärte sie Dylan, noch atemlos und plötzlich sehr aufgeregt.

Dylan starrte sie verblüfft an, blinzelte mehrmals und beäugte noch einmal den Bildschirm, bevor er fragte: „Du hast seine E-Mail doch noch gar nicht geöffnet. Wie willst du wissen, dass er schon unterwegs ist?"

Alex warf einen Blick auf den Bildschirm. Natürlich hatte Dylan Recht. Sämtliche E-Mails waren immer noch mit kleinen verschlossenen Briefumschlägen als „ungelesen" markiert.

Eine Ausrede, und zwar schnell! Sie schluckte dreimal, hus-

tete, um Zeit zu gewinnen. „Ich weiß es eben. Weil ich eine Hexe bin“, sagte sie spöttisch grinsend.
Dylan runzelte die Stirn. Die Antwort gefiel ihm gar nicht. Und glauben wollte er sie erst recht nicht.
„Stand in seiner letzten E-Mail“, log Alex.
„Wenn du eine Hexe bist, würde ich an deiner Stelle gut aufpassen, Hexenschwester. Dann hast du nämlich bald den Hexenjäger auf dem Hals.“ Dylan schlug noch einmal einen Akkord an und stellte die Gitarre weg. „Aber wenn du schon was über Hexerei weißt, kannst du ja den Irren suchen, der Brice Stanley neulich umlegen wollte.“
Wie ein Blitz zuckte das Wort „suchen“ durch Alex’ Kopf. Ein Sucher – ein besonders fähiger Hexer. Dave redete unten in der Küche über Beschützer und Sensitive. Karsh war weit mehr gewesen – er war ein Sucher gewesen, einer der Obersten der gesamten Hexengemeinschaft. Karsh hatte dem höchsten Rang angehört, den ein Hexer erreichen konnte.
Und dann zuckte noch ein anderes Wort durch ihren Kopf, aber dieses Wort hatte Dylan gar nicht ausgesprochen. Er kannte es nicht einmal.
Artemis. Der Name, der ihr bei ihrer Geburt gegeben worden war. Und der Name, unter dem sie auf Coventry Island bekannt war.
Sie hatte die griechischen Sagen gelesen und wusste, dass Artemis die Göttin der Jagd war. Die Zwillingsschwester von Apollo, dem Sonnengott.
Bestimmt musste eine Jägerin über ausgezeichnete Fähig-

keiten verfügen, Lebewesen aufzuspüren, ihre Fährten zu suchen.

Und jetzt erinnerte sie sich auch wieder an die Premiere. Sie hatte *gewusst*, dass der Hexenjäger ihnen entkommen war. Sie hatte mit ihrem geistigen Auge gesehen, wie er mit seinem schwarzen Wagen fast mit Schallgeschwindigkeit geflüchtet war, obwohl sie sich noch im Innern des Gebäudes befunden hatte.

Sie hatte also gewusst, wo er sich befand, ohne ihn direkt zu sehen.

Wenn sie das gewusst hatte, war es dann nicht möglich, dass sie auch jetzt herausfinden konnte, wo er sich aufhielt? Konnte sie ihn genauso aufspüren, wie sie Cades Aufenthalt aufgespürt hatte? Konnte sie diese unberechenbare Kraft, die sie in sich spürte, für diesen Zweck nutzen? Konnte sie also mit ihren eigenen übersinnlichen Fähigkeiten den Hexenjäger aufspüren und dingfest machen?

Kapitel 6

DER FEIND – IN MEINER SCHULE?

Beim Mittagessen saßen die Zwillinge wie gewöhnlich an verschiedenen Tischen, Cam am Tisch ihres Sechserpacks, Alex bei Dylan und den anderen Skater-Boarder-Rapper-Typen. Die Botschaft kam während des Essens.

Cam empfing sie wie einen miserabel eingestellten Radiosender, verzerrt, undeutlich, praktisch nichts weiter als ein drohendes Gemurmel.

Sie sah schnell zu Alex hinüber – und dann kam auch schon das Kopfweh. Ihr Kopf fühlte sich plötzlich so schwer an, als ob sie gerade eine Vision gehabt hätte. Ihre Schwester blickte sich verwundert in der Cafeteria um. Sie hatte wohl ebenfalls etwas gehört und suchte nun den Menschen, der die Drohung ausgestoßen haben könnte.

Hast du eben etwas gehört?, denkmailte Cam ihrer Schwester und versuchte das Pochen in ihren Schläfen zu ignorieren.

Warte noch einen Moment, kam Alex' Antwort telepathisch

zurück. Ihre grauen Augen irrten immer noch durch den Raum, der von den Schülern selbst dekoriert worden war. Die Wände waren mit den schrillsten Wandmalereien der Kunst-AG aus verschiedenen Jahrgängen bedeckt, die alle dasselbe Thema behandelten: Freundschaft und Toleranz. Die Tische waren aus rostfreiem Stahl und an den Wänden entlang reihten sich die von großen Getränke- und Snackfirmen aufgestellten Automaten.

Cam ließ ihren Superblick ebenfalls durch den Raum gleiten. Auch sie sah nichts Ungewöhnliches. Nur die üblichen Typen, die eigentlich alle immer irgendwie ähnlich und gleich verdächtig aussahen. Sie lümmelten unter der brutalen Neonbeleuchtung in den angeblich körpergerecht geformten Plastikstühlen und schlangen unüberhörbar den Kantinenfraß hinunter. Sogar ihre Rucksäcke sahen sich zum Verwechseln ähnlich und standen neben ihren Stühlen auf dem Boden. Und dann waren da natürlich noch die Lehrerinnen und Lehrer, die vorzugsweise an den Wänden entlang saßen oder durch die Gänge streiften wie Gefängniswärter auf der Suche nach einem besonders schuldig aussehenden Kandidaten für die heutige Abfrage. Und ganz hinten in der Ecke saß ein Mann allein an einem Tisch, den man normalerweise kaum zu sehen bekam: der neue Hausmeister, Mr Golem.

Aufgeregtes Stimmengewirr am Tisch lenkte Cam ab. Bree war plötzlich aufgesprungen, sodass ihr Stuhl umkippte, und sie schrie völlig außer sich vor Ekel: „Spritz nicht meinen Kaschmirpulli voll!“ Daraufhin schlug sich Kristen die

Hand vor den Mund, aber es nützte nichts: Lachanfälle gehörten bei Kristen zum Tagesprogramm. Der heutige war überfällig und daher nicht mehr aufzuhalten. Denn Sukari hatte sich an ihrer Cola verschluckt und hustete und sprühte aus Mund und Nase ein übles Cola-Spucke-Gemisch über den Tisch, während ihr Amanda sanft auf den Rücken klopfte. Beth sammelte gelassen alle Papierservietten ein, die sie finden konnte, und wischte den Tisch ab.

Cam nahm das alles nur wie durch einen Nebel wahr; mühsam gelang es ihr sich zu konzentrieren. Sie drehte den Kopf wieder in Alex' Richtung, die ein paar Tische entfernt saß. *Du hast etwas gehört, stimmt's?,* fragte sie noch einmal telepathisch.

Ja – er war es!, bestätigte Alex aufgeregt. *Der Typ mit der Sense, der Irre von der Premiere!*

Der Hexenjäger – hier in meiner Schule?!, stieß Cam ungläubig hervor.

Genau der – oder jedenfalls jemand, der mindestens genauso wenig in uns verknallt ist wie der Sensenmann.

„Oh nein … Ich glaube, er hat dich gesehen!"

Einen Augenblick lang glaubte Cam, dass der Ausruf von Alex kam. Aber es war Amanda. Cam drehte sich zu ihr um und sah sie verblüfft an. Amanda lachte. „Sukari fährt total auf Mr Spenser ab. Völlig verrückt. Kaum äugt er mal zufällig in ihre Richtung, wird sie zum Nassnießer und kann nicht mal mehr zwischen Schlucken und Spucken unterscheiden."

Mr Spenser war der Lehrer des Leistungskurses Naturwissenschaften. Und natürlich war Sukari in seinem Kurs absolut einsame Spitze.

„Amanda!", schimpfte Sukari, die inzwischen zumindest ihre Nasensprühanlage mit Hilfe von Beths Papierservietten wieder unter Kontrolle gebracht hatte. „Hat nichts mit abfahren zu tun! Der Knabe könnte ja glatt mein Vater sein. Er ist nur sooo … ich weiß nicht … *mental stark,* wenn du weißt, was ich meine? Ich wette, du weißt es nicht, aber jedenfalls werd ich immer richtig kribbelig, wenn er in der Nähe ist."

„Mental stark – na ja, ist er wohl irgendwie", bestätigte Amanda und starrte den Lehrer an oder vielmehr seinen Rücken, als er aus dem Esssaal schlenderte.

„Jedenfalls ist er kein Brice Stanley", brachte Bree die Unterhaltung wieder auf die einzige Person zurück, für die sie sich zurzeit interessierte. Und damit auf die Ereignisse bei der Premiere.

„'tschuldige – kann ich mal eine Sekunde mit dir sprechen, Cam?" Alex war so plötzlich am Tisch aufgetaucht und ihre Stimme klang so ungeduldig, dass das aufgeregte Geschwätz des Sechserpacks schlagartig verstummte.

„Wie hast du es geschafft, dich von deiner ölverschmierten Rockerbande zu lösen?", wollte Kristen wissen und warf einen vielsagenden Blick in Richtung Dylans Tisch, an dem vor allem schwarze Motorradlederjacken das Outfit bestimmten.

Alex brachte sie mit einem einzigen Blick zum Schweigen. „Camryn!", sagte sie ungeduldig.

Cam war ausnahmsweise froh, dem Sechserpack zu entrinnen. Sie stand auf und folgte Alex in eine der Saalecken. Neben einem Colaautomaten blieb Alex stehen.
„Kannst du dir das vorstellen?", sagte Alex sofort. „Er ist hier! Der Hexenjäger ist in *unserer Schule*!"
Dann hab ich ihn also doch gehört!, dachte Cam, obwohl sie nicht ganz sicher gewesen war.
Im Gegensatz zu Cam hatte Alex die Gedanken anderer Menschen schon immer hören können. So hatte sie den Hexenjäger viel klarer gehört als Cam, die nur ein dumpfes Murmeln vernommen hatte.
„Hast du ihn auch gerochen?", fragte Alex. „Ich konnte ihn riechen und entweder war seine Geruchsausstrahlung entsetzlich stark oder er war hier ganz in der Nähe, hier in der Cafeteria."
Entsetzt fragte Cam: „Was hat er gesagt?"
Alex verzog das Gesicht. „Er sagte: ‚Ich kenne euch genau. Alle drei. Ich weiß, *wer* ihr seid. Und vor allem weiß ich, *was* ihr seid. Und ich werde dafür sorgen, dass es bald alle wissen.'"
„Alle *drei*?", fragte Cam. „Wen außer uns meint er damit?"
„Verdammt gute Frage", gab Alex zurück. „Aber noch mehr interessiert mich, *wer* das ist, der da redet."

Kapitel 7

EIN GEFÄHRLICHER VERBÜNDETER

Dieses überhebliche, dumme Ding hatte ihn gerufen. Hatte es gewagt, ihn, den großen Lord Thantos DuBaer, einfach zu sich zu zitieren! Diese arrogante kleine Kanalratte!, dachte der mächtige Hexer, während er wütend am Ufer des Sees entlangstapfte. Der große See war unruhig, und als er sich darauf konzentrierte, ihre Schritte zu hören, vernahm er nichts weiter als das Rauschen der Wellen, die sich am felsigen Ufer der Insel Coventry brachen.

Thantos hatte es eilig. Dringende Geschäfte zwangen ihn, so schnell wie möglich von der Insel zu seiner CompUMag-Fabrik in Massachusetts zu reisen. Seltsam, dachte er, dass all die Jahre dort eine Fabrik gestanden hatte, die zum Firmenimperium der DuBaers gehörte – nur ein paar Meilen von Marble Bay entfernt, wo eine seiner beiden Nichten seit fünfzehn Jahren wohnte und wo die andere seit einem Jahr lebte.

Hätte er in diesem Jahr nur mehr Zeit in der CompUMag-

Fabrik in Massachusetts verbracht und weniger in den anderen Fabriken in Montana und Kalifornien, hätte er die lästigen Zwillinge in Reichweite gehabt. Oder vielmehr in Schlagweite.
Na ja, noch war nichts verloren. Er hatte jedenfalls vor, dieses kleine Versäumnis wieder gutzumachen. Darum wollte er sich kümmern, aber erst, nachdem ihm diese arrogante kleine Hexe erzählt hatte, warum sie ihn so dringend hierher gerufen hatte.
Sersee Tremaine. So nannte sie sich jetzt. Thantos zog die Stirn in Falten, aber er konnte sich nicht einmal mehr an den Namen erinnern, den sie getragen hatte, als sie auf die Insel gekommen war. Oder wie alt sie damals gewesen war. Acht oder höchstens neun schätzte er. Er wusste noch, dass sie ganz allein nach Coventry gekommen war, ein zorniges, schon damals überaus arrogantes Mädchen, das sich ständig gegen seinen Beschützer auf dem Festland aufgelehnt und überall herumgeprahlt hatte, dass es bald abhauen würde.
Das hatte Sersee dann auch getan und war nach Coventry geflüchtet. Thantos hatte keine Ahnung, wovon sie in all den Jahren gelebt hatte. Er wusste nur, dass das wilde junge Ding mit ein paar anderen ihrer Sorte irgendwo in den Höhlen und Wäldern von Coventry hauste. Und dass man dem Mädchen ein außerordentliches Geschick in den magischen Künsten nachsagte. Thantos vermutete, dass sich Sersee wohl sehr oft heimlich bei Zeremonien und Weihe-Riten eingeschlichen und die starke Magie beobachtet

hatte, die dort von den besten Hexern und Zauberern praktiziert wurde. Dabei hatte sie wohl auch eine Menge sehr gefährlicher Zaubersprüche gelernt.
Das alles wusste Thantos über Sersee, weil sich das Mädchen vor nicht allzu langer Zeit dafür interessiert hatte, von ihm richtig ausgebildet zu werden.
Der eisige Seewind stach wie mit Nadeln in Thantos' Wangen und fuhr durch sein gelocktes dunkles Haar und den dichten schwarzen Bart. Sie hatte sich für eine Hexenlehre interessiert? Verärgert schüttelte er den Kopf. Das war jedenfalls die Untertreibung des Jahrhunderts – sie hatte einen regelrechten Feldzug gestartet, um sein Interesse an ihr zu wecken. Und das war ihr auch tatsächlich gelungen. Er musste zugeben, dass ihn so viel Dickköpfigkeit beeindruckt hatte. Aber letztlich hatte er doch feststellen müssen, dass sie viel zu impulsiv handelte, praktisch keinerlei Selbstdisziplin besaß und dermaßen selbstsüchtig und arrogant war, dass sie sich wohl niemals irgendeinem Lehrer unterordnen würde. Sie würde sich immer nur einer einzigen Autorität beugen – und das war ihr eigenes aufgeblasenes Ego.
„Lord Thantos!"
Er blickte auf und kniff die Augen zusammen. Thantos ärgerte sich, weil er sich mit der Hand gegen das blendende Sonnenlicht schützen musste, um die Klippen nach ihr abzusuchen.
„Ich bin hier oben." Eine schlanke Silhouette mit flatterndem Umhang winkte ihm zu. „Ich komme sofort hinun-

ter." Der Trick war uralt, aber gerade deshalb ärgerte er sich noch mehr darüber. Ob Absicht oder Instinkt – jedenfalls hatte das eingebildete kleine Biest tatsächlich einen winzigen Punkt für sich verbuchen können: Sie hatte ihn gezwungen, in die gleißende Sonne zu blinzeln, um die Klippen nach ihr abzusuchen, während sie wie eine Königin hoch über ihm stand und ihm vermutlich grinsend zusah. Sein erster Eindruck hatte ihn also nicht getäuscht: Vor diesem Geschöpf musste er sich in Acht nehmen.

„Ich habe Euch ein Geschenk mitgebracht", verkündete sie triumphierend, nachdem sie geschickt wie eine Bergziege die Steilklippe heruntergeklettert war. „Ich freue mich so, dass Ihr gekommen seid. Und Ihr werdet es nicht bereuen. Das wird Euch für die kleine … Unannehmlichkeit entschädigen, glaubt mir."

Machte sie sich über ihn lustig? Der Hexer starrte ihr in die Augen, die ganz ungewöhnlich violettblau waren, wie die Blüten von Berg-Astern. Aber er konnte darin nicht viel lesen – Sersee hatte absichtlich einen Schleier vor ihre Augen gesenkt, eine Art Schutzschild, um seinem durchdringenden Blick standhalten zu können. Und sie hatte ihre Gedanken so sehr verwirrt, dass er nur ein unverständliches Kauderwelsch vernahm, als er versuchte, in ihr Denken einzudringen. Dieses gerissene Biest hatte anscheinend an alles gedacht.

Natürlich hätte es Thantos keine Probleme bereitet, ihre Schutzschilde einfach beiseite zu fegen, schließlich war er einer der mächtigsten Hexer der Welt. Aber der Aufwand an Kraft und Energie schien ihm einfach zu groß. Er würde ihr vorerst erlauben, ihr kleines Spielchen weiterzutreiben. Was war denn nun dieses Geschenk, mit dem sie ihn hierher gelockt hatte?

„Aber hier ist es doch, Eure Lordschaft!"

Sie lächelte listig. Freute sich mächtig, dass sie ihm beweisen durfte, wie gut sie *seine* Gedanken hören konnte. Thantos verschloss sofort seine Gedanken und griff unwirsch nach dem Buch, das sie ihm hinhielt.

„Was ist das?", fragte er und las gleichzeitig den Titel – ‚Vergebung oder Rache'. Doch als er es öffnete, fand er keine bedruckten Seiten. Das Buch bildete vielmehr ein Kästchen, in dem ein Stapel handbeschriebener Blätter lag.

„Das sind die letzten Worte des alten Hexers Karsh. Sein Vermächtnis!", antwortete Sersee triumphierend. „Ich glaube, Ihr werdet sie ausgesprochen interessant finden. Mir jedenfalls ging es so. Und ganz bestimmt auch Ileana."

Die gerissene kleine Hexe lächelte unverschämt und fügte hinzu: „Sie ist ja schließlich Eure *Tochter*."

Thantos unterdrückte nur mühsam den Drang, das freche kleine Biest mit einem einzigen Blick in eine Ratte zu verwandeln. Oder zur Salzsäule erstarren zu lassen. Stattdessen konzentrierte er sich auf die Papiere. Sein Blick fiel sofort auf die entscheidenden Worte, geschrieben in Karshs zittriger Handschrift, die Thantos' eigener Vater Nathaniel gesprochen hatte:

... führe unseren Plan aus. Damit der Antayus-Fluch mit mir stirbt. Deshalb musst du meine Nachfolge neu ordnen.

Du musst meinen Söhnen klar machen, dass keiner von ihnen im Clan herrschen oder die Führung übernehmen wird. Mit mir stirbt der letzte Patriarch. Aber sie werden die neuen Führer hervorbringen – ihre Frauen und ihre Töchter …

„Faszinierend, nicht wahr?“

„Halt den Mund!“, donnerte Thantos.

Sersees schmale Schultern krümmten sich augenblicklich. Sie wandte sich schnell ab, riss den Saum ihres weiten Capes hoch und bedeckte damit ihr Gesicht, als erwartete sie, dass sie der furchtbare Blick des mächtigen Hexers traf oder dass er sie mit einem grauenhaften Zauberspruch für immer zum Schweigen bringen würde. Oder etwas noch Schlimmeres.

„Warum hast du mir das Buch gebracht … dieses sinnlose Geschmiere von einem senilen alten Hexer? Was erwartest du dafür?“

Sersees Stimme klang dumpf unter dem Cape hervor, mit dem sie immer noch ihr Gesicht bedeckte. „Nur dass Ihr Euch … um mich kümmert, Eure Lordschaft. Mit dem Buch will ich Euch beweisen, dass ich Euch nützlich sein kann …“

„Du möchtest, dass ich mich um dich kümmere? Warum verbirgst du dich dann vor mir? Offenbar traust du mir nicht!“, schrie Thantos sie an.

Sersee drehte sich wieder zu ihm um und ließ vorsichtig das Cape vor ihrem Gesicht herunter. Sie blickte noch vorsichtiger zu dem gewaltigen Hexer auf.

Thantos lächelte. Er starrte der jungen Hexe direkt in die bemerkenswerten tief veilchenblauen Augen, wedelte dann kurz und beiläufig mit der Hand. Und ließ Sersee auf der Stelle erstarren.

Kapitel 8

IM UNTERGRUND

„Kannst du nicht schlafen, oder was?“, fragte Cam genervt, ohne den Kopf aus dem Kissen zu heben. Das war auch überflüssig, denn das ständige Stöhnen und Herumwerfen und Murmeln ihrer Schwester war nicht zu überhören und das ging jetzt schon seit mindestens einer Stunde so.

„Untertreibung des Jahres“, knurrte Alex und äffte damit den Standardspruch einer von Cams Sechserpack-Freundinnen nach. „Ist es Mr Golem, der im Keller haust und mit einer Kapuze rumläuft, oder ist es Mrs Hammonds Sekretärin im Rektorat, die immer eine Liste der Leute in der Tasche hat, die nachsitzen müssen?“

„Zerbrichst du dir immer noch den Kopf wegen des Hexenjägers?“, fragte Cam und setzte sich auf.

„Klar doch. Genau wie du. Deine Gedanken sind richtig aufdringlich heute Abend.“ Alex kickte ihre Decke zurück und setzte sich ebenfalls auf. Da sie sich längst in Cams Gedanken eingeloggt hatte, fragte sie: „Du scheinst zu glauben, dass ich mir nur wegen Cade den Kopf zerbreche!“

„Ich bekenne mich schuldig in allen Teilen der Anklage", grinste Cam. Sie schauten sich im vom Mondlicht erhellten Raum an. „Beim Mittagessen … da hat er doch schon wieder von drei Hexen geredet, Alex."

„Brauchst du mir nicht zu erzählen, schließlich hab *ich* ihn gehört, nicht du", erinnerte Alex ihre Schwester. „Du hattest ja Tonstörung. Drei: Das sind du und ich und noch jemand. Wir müssen nur unsere beschränkten Mathekünste mit ein wenig Logik verbinden, Schwesterhexe. Der Hexenjäger sagte ‚drei' bei der Premiere und er sagte ‚drei' in der Cafeteria. Und wer wohl war beide Male mit uns zusammen?"

„Der Sechserpack?!", fragte Cam ungläubig.

„So was Schlaues hast du schon lange nicht mehr von dir gegeben", antwortete Alex. „Logo. Eine von deiner Bande ist es. Doch jetzt wird's schwierig, denn die unterscheiden sich von anderen Leuten, soweit ich sehen kann, nur in einer Hinsicht, nämlich dadurch, dass sie alle so total zum Gähnen normal sind." Sie hielt die Hand hoch und zählte an den Fingern ab. „Beth: Kannst du dir vorstellen, dass sie mit Zaubersprüchen um sich wirft? Bree: Hat sie vielleicht irgendwelche Visionen, während sie in einer Edelboutique ein paar Tausender hinblättert? Und Amanda …"

„Aber das ist doch total daneben!", unterbrach Cam ihre Schwester. „Du willst doch nicht behaupten, dass eine meiner Freundinnen eine *Hexe* ist?"

Alex dachte einen Augenblick lang nach. „Vorerst behaupte ich gar nichts. Aber der Hexenjäger hat uns beide und Brice völlig korrekt geortet. Also weiß er offensichtlich etwas, was wir nicht wissen."

Cam klappte ihren bereits zu einem Protestgeheul aufgerissenen Mund wieder zu. „Was ist mit Amanda?", wollte sie schließlich wissen. „Die fährt doch total auf alle möglichen mystischen Erfahrungen ab …"

„Und das folgerst du daraus, dass sie immer in Korksandalen rumläuft, Ringe an den Zehen trägt und bunt bedruckte indianische Baumwollröcke trägt?"

„Das ist nicht fair!", beschwerte sich Cam. „Amanda ist eine extrem mitfühlende Persönlichkeit. Durch und durch intuitiv, was die Probleme und Nöte anderer Lebewesen angeht."

„Ich wette, ihr Berufswunsch ist Psychiater für Kanarienvögel …", bemerkte Alex bissig.

„Bist du endlich fertig?" Cam starrte sie wütend an.

„… aber dafür braucht sie keine Kristallkugeln, Kerzen oder Weihrauch", fuhr Alex ungerührt fort. „So, jetzt bin ich fertig."

„Sukari kommt nicht in Frage. Sie ist so absolut realistisch, die Skepsis in Person, für alles will sie erst konkrete Beweise sehen", verkündete Cam im Brustton der Überzeugung. Allmählich dauerte ihr das Gespräch zu lang; ihr fielen langsam die Augen zu. „Bleibt nur noch … Kristen. Kannst du dir Kristen als Hexe vorstellen?", fragte sie zweifelnd.

Alex schüttelte den Kopf. „Nur wenn sie damit Bree beeindrucken könnte. Aber Cam", fuhr sie fort, plötzlich wieder ernst, „wie kann denn dieser Typ überhaupt wissen, dass wir Hexen sind, wenn er nicht selbst ein Hexer ist? Und wenn er einer ist, wieso läuft er dann gegen uns Amok, obwohl wir doch alle zur selben Gemeinschaft gehören, du weißt, was ich meine?“

Darüber hatte auch Cam schon nachgedacht. Bei ihrem Gespräch mit Dave hatte sie sich an etwas erinnert, was Brice Stanley über den Mann gesagt hatte – dass der Typ einen fortgeschrittenen Grad der Intuition erreicht hatte oder vielleicht über übersinnliche Kräfte verfügte …

Alex erfasste sofort, was ihre Schwester dachte. „Willst du damit sagen, dass er kein ständiges, aktives Mitglied unseres Hexenvereins ist?“

„Ich hab gar nichts gesagt!“, widersprach Cam verärgert. „Wenn du deine spärlichen grauen Zellen auch mal für die eigene Denke aktivieren könntest, statt dich immer nur in meine Gedanken einzuloggen, würdest du vielleicht selbst irgendetwas herausfinden.“

„Die Mühe spar ich mir“, gab Alex zurück, „wo doch deine Denke so super ist. Komm schon, spuck's aus. Wenn er kein Hexer ist und auch kein Hexen-Azubi im Endzustand, was ist er dann? Vielleicht ein Sensitiver?“

„Ein Sensitiver oder …“ Wie hatte Dave diese Leute genannt? Cam streckte sich schläfrig aus. „Ein gescheiterter Beschützer. Jemand, der eigentlich eine junge Hexe oder einen Hexer hätte aufziehen und beschützen sollen, es aber nicht geschafft hat.“

„Ein gescheiterter Beschützer?“ Alex fröstelte und das war ein Zeichen dafür, dass Cam mit Daves Hilfe irgendetwas entdeckt hatte, was vielleicht wichtig sein konnte. „Weißt du, was ich am wenigsten ausstehen kann?“, fragte sie. „Dass ich nicht nur keine Ahnung habe, *wer* oder *was* dieser Typ ist, sondern auch nicht weiß, *wo* er sich aufhält! Schon wenn ich mir vorstelle, dass da so ein durchgeknallter Typ in unserer Schule herumschleicht, sogar in der Cafeteria …“

„Alex, hast du schon mal Mr Golem gesehen – du weißt schon, den neuen Hausmeister oder was immer er ist? Der ist auch so ein Schleimer. Hast du ihn heute in der Cafeteria beobachtet?“

Alex beugte sich gespannt vor. „Warum? Hast du bei dem irgendetwas gespürt oder eine Vision gehabt?“

Cam zuckte die Schultern und ließ sich wieder in ihr Kissen zurückfallen. „Nein“, gab sie zu und kroch tiefer unter die weiche Sommerdecke. „Nichts. Keine Vision. War nur so eine Idee.“

„Wie wär’s, wenn wir uns morgen mal ein wenig in Golems Büro oder Werkstatt umsehen?“, schlug Alex vor.

In der Mittagspause am nächsten Tag wurde Golem erneut in der Cafeteria gesichtet – dieses Mal von Bree, die auf ihn deutete und flüsterte: „Würg und kotz – der Typ dort erinnert mich an den Irren von der Premiere.“ Worauf Beth blasiert fragte: „Gibt’s eigentlich etwas, was dich *nicht* daran erinnert?“

Den Zwillingen blieben genau zwanzig Minuten, bis der

Unterricht wieder begann, und wer wusste schon, wie lange es dauern würde, bis sich Golem wieder in den Keller begab, wo seine Werkstatt war. Cam und Alex ergriffen jedenfalls sofort die Chance, die sich jetzt bot, das Reich des Hausmeisters auszukundschaften.
Es war ihnen klar, dass sie schnell sein mussten. Sie nahmen die Feuertreppe nach unten. Cam bemerkte eine riesige Axt, die auf dem ersten Treppenabsatz neben einem Feuerlöscher an der Wand hing. Alex sog die kühle, feuchte Luft ein und hoffte, dass sie hier irgendwo den fauligen Geruch des Hexenjägers finden würde.
Das Kellergeschoss der Schule war ein riesiges Labyrinth von Räumen, die durch lange, verwinkelte Gänge verbunden waren. Aber nur eine Tür trug ein handgeschriebenes Schild mit der Aufschrift „Kein Zutritt". Genau deshalb wählten die Zwillinge diese Tür. Alex stieß sie auf.
Golems Werkstatt-mit-Büro erinnerte Alex eher an eine Höhle. Sie hatte noch die lebhaftesten Erinnerungen an die Höhle auf Coventry Island, in der sie, Cam und Jason eingesperrt gewesen waren, und ein Schauder lief ihr den Rücken hinunter.
Alex wäre jede Wette eingegangen, dass Cam die unterirdischen Gewölbe der Schule noch größere Angst einjagen würden als ihr, aber ihre Schwester blieb völlig cool.
Um fair zu sein: Golems Höhle war viel besser eingerichtet und sehr viel sauberer und ordentlicher als der verliesartige Felsenkeller, in dem Sersee und ihre Bande hausten. Weder auf dem Schreibtisch noch auf dem starken Holztisch, über

dem die Werkzeuge ordentlich in Reih und Glied hingen, war irgendetwas Seltsames zu entdecken.
Alex nahm eine Leiter und überprüfte die vielen isolierten Rohre, die an Haken unter der Werkstattdecke hingen. Es waren so viele, dass sie hintereinander gelegt mehrere Meilen weit gereicht hätten. Cam nahm ein Paar Handschuhe aus einer Schublade, in der sich viele weitere Paare ordentlich gestapelt befanden, streifte sie sich über und ließ ihre Hände unter und hinter die ausrangierten Heizkörper, die alten Sicherungskästen und einen Apparat gleiten, der wie ein riesiger alter Ölofenbrenner aussah.
Aber während ihrer Suche wurde den Hexengirls immer klarer, dass es hier nichts zu entdecken gab. Der Werkstatt fehlte der besondere Geruch, den Alex gerochen hatte. Außerdem hätten sie längst einen Angstschauder oder eine Gänsehaut bekommen, wenn sich hier etwas befunden hätte, das mit dem Hexenjäger zu tun hatte.
Jetzt blieben ihnen nur noch ein paar Minuten. Cam durchsuchte noch schnell den Inhalt eines Aktenschranks aus Metall und Alex öffnete einen alten Küchenschrank. Der Schrank schien schier überzuquellen mit zusammengefalteten Stofflappen, Terpentinkannen, Pinseln in allen möglichen Größen und mehreren Kanistern der ekligen grünen Ölfarbe, mit der die Wände im Keller gestrichen waren. Es gab auch eine Dose mit leuchtend roter Farbe; sie stand mitten in einer kleinen Farblache, die noch frisch war, wie Alex entdeckte, als sie dummerweise mit dem Finger hineinstieß.

Durch all die scharfen Gerüche der Farben und des Terpentins nahm sie plötzlich den Gestank von faulen Eiern wahr. Und fast gleichzeitig fing ihr hypersensibles Gehör ein Geräusch auf: Oben an der Treppe wurde eine leicht quietschende Tür geöffnet, dann hörte sie Golems schlurfende Schritte auf der Treppe.

Alex reagierte sofort, packte Cams Hand und zog sie zur Werkstatttür hinaus. Doch im Kellerflur standen sie einer Reihe von Türen gegenüber, die fast alle mit Vorhängeschlössern verschlossen waren. Cam wirbelte hilflos herum, panisch nach einem Versteck suchend. Und entdeckte eine Tür, die einen Spalt weit offen stand.

Sie verschwanden hinter der Tür – Sekunden bevor Golem um die Ecke bog.

Drinnen war es stockdunkel. Sogar die kleinen Oberlichter hatte man schwarz überstrichen. Und der eklige Schwefelgestank war hier viel intensiver als in Golems Werkstatt. Der Geruch erinnerte Alex deutlich an den Hexenjäger. Selbst ein sehr schlecht gelüfteter, feuchter und selten gereinigter Keller würde nicht diesen Gestank verbreiten.

„Siehst du was?“, flüsterte Alex, die darauf vertraute, dass Cam mit ihrem Superblick den winzigen dunklen Zufluchtsort bereits erkundete.

„Ich glaube, wir sind in … einer Art Besenkammer“, vermutete Cam. „Allerdings sehe ich keine Besen, aber hier sind ein paar Schaufeln … und Stemmeisen, glaube ich. Und eine Menge anderes Zeug liegt hier rum.“

„Aber woher kommt der Gestank?“, fragte Alex. „Liegen

irgendwelche Lappen oder Putztücher oder ein stinkender Mopp herum? Irgendwas, das diesen Gestank festhält?"
Cam blickte sich um. Sie roch zwar den muffigen Geruch der Kammer, konnte aber nicht genau das riechen, was Alex roch.
Alex packte Cam an den Schultern und drehte sie in die Richtung, aus der der Gestank zu kommen schien. „Dort drüben, vermutlich in einer Ecke … Siehst du da etwas?"
„Ja!", rief Cam beinahe zu laut und hielt sich erschrocken ihre Hand vor den Mund. Dann flüsterte sie: „Eine Tasche. Steht in der Ecke. Eine große Leinentasche. Sieht aus wie eine Reisetasche oder Sporttasche. Braune Lederbänder und -griffe und …"
Gleißend helles Licht blendete sie. Cam schlug die Hände über die Augen und Alex zuckte vor der Helligkeit zurück. Plötzlich war ihr Versteck taghell erleuchtet.
„Was habt denn ihr hier zu suchen?", dröhnte Mr Golems Stimme in die Kammer. Er hielt eine starke Taschenlampe auf sie gerichtet und schien mindestens ebenso erschrocken wie die Zwillinge. „Schüler haben hier unten keinen Zutritt!", schrie er wütend. „Hier unten könntet ihr euch sehr leicht verletzen. Oder noch Schlimmeres." Jetzt bemerkte er die rote Farbe an Alex' Finger und seine Stimme wurde noch lauter und wütender. „Ihr habt in meinen Sachen rumgeschnüffelt! Wer hat euch erlaubt … Ihr habt hier nichts verloren!"
Sie nahmen sich nicht die Zeit, sich zu entschuldigen, versuchten nicht einmal, sich eine faule Ausrede einfallen zu

lassen. Das Adrenalin, das durch ihre Körper jagte, schien plötzlich in ihre Füße zu schießen – sie suchten das Weite, so schnell sie nur konnten, und auf ihrer wilden Flucht hatten sie dauernd das Gefühl, dass Golem ihnen ganz dicht auf den Fersen war.

Kapitel 9

SERSEE – ON THE ROCKS

Jetzt wussten sie endlich, wer Karshs Aufzeichnungen gestohlen hatte – niemand anders als die verbrecherische junge Hexe, die schon einmal versucht hatte, die Zwillinge zu vernichten. Das war ihr zwar nicht gelungen, aber sie war gefährlich nahe dran gewesen. Und jetzt plante sie offenbar schon wieder, Cam und Alex zu schaden, sie um ihr Erbe zu bringen oder jedenfalls um den einzigen Beweis, mit dem sich der Anspruch der Zwillinge auf das DuBaer-Vermögen untermauern ließ.

Ileana hatte Sersee in ihrer Vision gesehen – sie musste sich irgendwo am Ufer des großen Sees befinden. Miranda und Ileana machten sich sofort auf den Weg, um nach ihr zu suchen. Die beiden Frauen waren von widersprüchlichen Gefühlen hin und her gerissen. Einerseits gebot ihnen ihre Vernunft, die Diebin zu stellen und Karshs Aufzeichnungen zurückzuholen. Aber andererseits drängten sich ihre Gefühle immer wieder in den Vordergrund und diese Gefühle waren eine Mischung aus Wut und Aufregung.

Ihre Wut richtete sich gegen die gefährliche Ganovin Sersee.
Aufgeregt waren Miranda und Ileana aus einem anderen Grund: Weil ihre eigenen magischen Kräfte offenbar wieder zurückgekehrt waren – vielleicht nicht alle Kräfte und vielleicht auch nur für eine bestimmte Zeit, aber jedenfalls war es ein wunderbares Gefühl. Ileana hatte eine Vision gehabt; Miranda hatte instinktiv den Namen der Schuldigen gewusst.
Jetzt mussten sie nur noch herausfinden, warum diese Verbrecherin, die in Höhlen hauste, ein Buch gestohlen hatte, obwohl sie in Ileanas Haus jede Menge wertvoller Gegenstände hätte entwenden können. Warum ausgerechnet dieses Buch? Welchen Wert mochten Karshs Enthüllungen für dieses egozentrische Wesen besitzen, das immer nur an seinen eigenen Vorteil dachte?
„Schau mal, dort vorn!“ Miranda deutete auf eine Mädchengestalt, die am Seeufer direkt vor den steil aufragenden Felsen stand. Es war Sersee – und sie stand still wie eine Statue. Nur ihr wirres schwarzes Haar und das dunkelviolette Cape wehten im kräftigen Seewind. Sie sah fast genauso aus wie in Ileanas Vision – aber nur fast. Denn ein paar Dinge stimmten nicht. Zum Beispiel fehlte das Buch. Und obwohl das Mädchen längst ihre Schritte gehört haben musste, hatte sie sich nicht von der Stelle gerührt. Sie stand unnatürlich still.
„Da stimmt was nicht“, flüsterte Ileana.
„Vielleicht ist sie verwandelt worden? Oder vielleicht steht

sie unter einem Zauberspruch?“, fragte Miranda verwundert.

Und ihr wollt Hexen sein?

Ileana und Miranda hörten die sarkastische Frage, die nur von dem offenbar zu Stein erstarrten Mädchen kommen konnte.

Okay, okay, natürlich bin ich verwandelt worden. Was denn sonst? Was hab ich für ein Glück, dass gleich zwei so geniale Hexen rein zufällig hier vorbeikommen! Hättet ihr jetzt vielleicht die Freundlichkeit, den Fluch aufzuheben? Sonst steh ich noch wochenlang als Salzsäule hier rum.

Ileana näherte sich der starren Gestalt. Langsam, die Hände auf dem Rücken, umkreiste sie Sersee und betrachtete sie von oben bis unten. „Ts, ts, ts!“, machte sie nachdenklich, wobei sie sich kaum ein breites Grinsen verkneifen konnte. „Wen haben wir denn da? Was für ein schlimmer Zustand! Äußerst unangenehm!“

Auch Miranda kam näher. „Sie ist gelähmt“, sagte sie und Ileana bemerkte voller Verachtung, dass Miranda offenbar aufrichtiges Mitleid empfand. „Wie grausam! Ileana, wir müssen etwas tun!“

Ja, absolut! Ihr müsst!, drängte Sersee telepathisch und ihr Ausruf klang weniger verzweifelt als wütend. *Als Hexen habt ihr die Pflicht zu heilen und zu helfen …*

„Ach ja, richtig, stimmt“, bestätigte Ileana grinsend. „Am besten nehmen wir uns ein Beispiel an deinen guten Taten. Aber wir dürfen die Dinge nicht überstürzen. Vor allem deshalb nicht, weil wir noch ein paar kleine Fragen haben, die du uns sicherlich beantworten kannst, bevor wir dein Schlangenblut wieder aufwärmen und deine hinterlistigen Sinne reaktivieren. Zum Beispiel, warum du in mein Haus eingebrochen bist und etwas gestohlen hast …“

Ich bin doch nicht blöd und erzähl euch das! Ihr werdet es niemals erfahren, niemals!, fluchte Sersee.

Ileana wurde wütend. Beinahe hätte sie Sersee eine Ohrfeige verabreicht, wenn Miranda sie nicht im letzten Moment daran gehindert hätte. „Bitte nicht“, sagte Miranda. „Das arme Kind hat schon genug mitgemacht.“

Was? Sersee war nicht weniger überrascht als Ileana, dass Miranda ihr so gnädig gesinnt war. *Woher willst du wissen, was ich mitgemacht habe?*, fauchte sie aggressiv. *Du, eine DuBaer! Du lebst in Saus und Braus auf Crailmore, bist eine geweihte Lady, berühmt, bekannt, beliebt …*

„Wir möchten dir helfen“, versicherte ihr Miranda, jetzt schon deutlich kühler. „Wenn wir nicht etwas viel Dringenderes vorhätten, würden wir dich natürlich sofort aus deiner miserablen Lage befreien …“

„Bist du verrückt?“, brach es aus Ileana heraus. „Dieses Biest – *befreien*? Ich würde sie viel lieber in eine Plastikfolie einschweißen und hier ein paar Jährchen …“

Plötzlich durchzuckte Ileana ein stechender Schmerz. Ihre Ohren dröhnten und es umgab sie auf einmal schwarze Dunkelheit. Doch da wurde es strahlend hell und Ileana sah ein großes Feuer. Aus dem schwarzen Rauch und den züngelnden Flammen ragte ein Mann mit hoch erhobener Faust, der laut fluchte und brüllte. Zu seinen Füßen lag

eine Frau mit prachtvollem schwarzem Haar, die seine Beine umklammerte und ihn um das Leben ihres Kindes anflehte. Da wurde Ileana von solcher Verzweiflung und so großem Mitleid überwältigt, dass ihr Tränen in die Augen stiegen. Sie sah ein kleines Kind, das auf Händen und Füßen durch den Wald krabbelte und dessen Kleider halb versengt waren und immer noch rauchten.
Ileana wusste, wer das kleine Kind war: Sersee.
Entgeistert und entsetzt wandte sie sich zu Miranda um. Die ältere Frau schien nichts von Ileanas Vision bemerkt zu haben, schien auch selbst keinen Einblick in die entsetzlichen Erinnerungen der bösartigen jungen Hexe erhalten zu haben. Kannte Miranda die Lebensgeschichte des Mädchens bereits oder war sie nur wie immer die blind vertrauensselige und unverbesserlich weichherzige Miranda?
Miranda schien ihre Gedanken gehört zu haben, denn Ileana bemerkte ein listiges Glitzern in ihren metallgrauen Augen.
„Bevor wir dir helfen“, erklärte Miranda der versteinerten Sersee, „müssen wir nämlich Lord Karshs Aufzeichnungen finden. Ach, wenn du uns doch nur helfen könntest! Wenn du zum Beispiel wüsstest, wo das Buch jetzt ist …“
Ihr seid schlimmer als senile alte Hexen!, giftete Sersee. *Natürlich weiß ich, wo es ist. Befreit mich erst mal aus diesem grauenhaften Zustand, dann erzähle ich euch alles! Jetzt sofort! Dieser starke, ekelhafte Wind ruiniert nämlich meinen Teint! Ich wage mir gar nicht auszumalen, was er mit meinem Haar angestellt hat!*

Ileanas Welle des Mitleids verebbte. Bevor sie allerdings der jungen Hexe versichern konnte, dass ihr Teint und Haar schon jetzt für alle Zeiten ruiniert seien, sagte Miranda beruhigend: „Keine Angst, ich kenne genug Kräuter, die deiner Haut und deinem Haar wieder neue Kraft geben. Aber während Ileana die Gegenmagie vorbereitet, wolltest du mir doch sicherlich erst einmal erzählen, wo das Buch jetzt ist?"

Ileana warf Miranda einen bewundernden Blick zu. Die listige Frau spielte mit Sersee wie eine Katze mit der Maus! Ohne mit der Wimper zu zucken, hatte Miranda die Rollen bei diesem Verhör klar verteilt: Ileana war die böse Polizistin, Miranda die freundliche. Ileana durfte mit der Peitsche drohen, während Miranda dem Mädchen Honig um den Mund schmierte.

Aber was hatte Miranda gesagt – dass sie, Ileana, den Gegenzauber vorbereiten solle? Die hatte Nerven! Eine plötzliche Vision zu bekommen war eine Sache, aber es war ihr ein absolutes Rätsel, wie sie ganz allein einen Zauberspruch fabrizieren sollte, mit dem sich die erstarrte Göre wieder auftauen ließ. Dazu war schließlich Magie nötig, und zwar nicht wenig. Verlangte die listige Miranda sogar, dass Ileana den Bann aufhob? Schließlich war es Miranda und Ileana nur mit vereinten Kräften gelungen, den Zwillingen ein paar Zaubersprüche beizubringen, und nur mit vereinten Kräften hatten sie entdeckt, wer Karshs Buch gestohlen hatte und wo sich die Diebin aufhielt.

Aber das war doch die Lösung!, zuckte es Ileana plötzlich

durch den Kopf. Mit *gemeinsamen* Kräften! Zusammen! Genau wie Cams und Alex' magische Kräfte zunahmen, wenn sie zusammen waren, hatte auch Ileanas Magie dann wieder zugenommen, wenn sie mit Miranda zusammen war.

Euer kostbares Buch ist schon auf dem Weg zum Festland, ließ Sersee die beiden Frauen telepathisch wissen. *Und es befindet sich in den Händen des treulosesten, gerissensten, betrügerischsten Hexers, den Coventry je gesehen hat. Derselbe verräterische Hexenmeister, der mich unter diesen Starrheitsbann stellte. Dreimal dürft ihr raten, wer das ist! Könnte es etwa Thantos DuBaer sein oder Thantos DuBaer oder vielleicht doch Thantos DuBaer? Summmm … Zeit ist abgelaufen! Und die Antwort lautet … Richtig! Es ist der undankbare Falschspieler Thantos DuBaer!*

Miranda schnappte unwillkürlich nach Luft.

Hab ich doch immer gesagt! Den Gedanken konnte sich Ileana nicht verkneifen.

Hey, ihr lahmen Hexen! Wie lange soll ich eigentlich noch warten?!, mischte sich Sersees arrogante Gedankenstimme wieder ein.

Miranda warf Ileana einen Blick zu. „Wir haben es ihr versprochen", sagte sie. „Ich hab mein Wort gegeben und wir müssen es jetzt halten." Aber sie wirkte zutiefst unglücklich und erschöpft, doch der Grund lag nicht darin, dass Thantos das Buch an sich gebracht hatte, wie Ileana plötzlich klar wurde. Denn die naive Miranda schien tatsächlich halbwegs zu glauben, dass er es vielleicht nur deshalb an sich genommen hatte, um es Ileana zurückzugeben. Nein – Mirandas Traurigkeit kam daher, dass sie nun plötzlich mit Sicherheit wusste, dass er tatsächlich dazu im Stande war, ein ungezogenes Kind zu lähmen. Miranda fühlte sich von so viel Brutalität abgestoßen.

Ileana nahm ihre Hand. „Ich habe einen Kristall und Kräuter in meiner Tasche", sagte sie. „Du kannst schon mal mit dem Zauberspruch anfangen, während ich alles ordne, was dazugehört."

„Glaubst du wirklich, dass wir das können?", fragte Miranda geistesabwesend.

Sersee hörte die Frage und kreischte vor Entsetzen. *Oh nein!,* schrien ihre Gedanken und ihre Panik war deutlich spürbar. *Ihr wollt damit doch nicht etwa sagen, dass ihr ebenso wenig „DuBaer"-Magie habt wie die Königin von England? Dass ihr es gar nicht schafft, den Bann aufzuheben? Ihr wollt mich so, wie ich bin, hier stehen lassen! Das könnt ihr nicht machen!*

Die Zeremonie, die nötig war, um den Fluch aufzuheben, war anstrengend und bald waren Miranda und Ileana völlig erschöpft.

Am Ende standen sie neben Sersee, die zusammengebrochen war und nun zu ihren Füßen lag – ein Häufchen Elend, das Ileana kaum noch an das aufsässige, spöttische Mädchen erinnerte, das sich vorhin noch über sie lustig gemacht hatte.

Sersee flehte nicht mehr darum, erlöst zu werden. Ihr Körper schien einfach vergessen zu haben, wozu er eigentlich

da war. Doch in ein paar Minuten würde sich das Mädchen erholt haben und wieder richtig bewegen können.
Sersees Anblick, verletzlich und völlig hilflos, brachte eine weiche Saite in Miranda zum Klingen. „Jetzt erinnere ich mich wieder an dich!“, rief sie plötzlich überrascht. „Kurz bevor Aron getötet wurde … Du warst damals …“
„Eine Waise“, unterbrach Sersee. „Ich war ganz allein.“
„Ja, es war furchtbar. Wir hatten alle die rauchenden Ruinen gesehen und waren überzeugt, dass du mit deinen Eltern ums Leben gekommen warst. Du warst so klein, so allein …“
„Daran hat sich eigentlich nicht sehr viel geändert“, sagte die junge Hexe leise.

Kapitel 10

DROHUNGEN

Cams Knie wurden weich. Die Schrift war an der Wand erschienen – Buchstabe für Buchstabe. An der Seitenmauer der Schule, die an das Fußballfeld grenzte, stand jetzt in großen roten Buchstaben: HEXEN SIEGEN DURCH BÖSE MAGIE.

„Golem!“, flüsterte Cam Alex zu, als sie auf das Feld kamen und die Graffiti sahen. „Er ist der Hexenjäger!“

„Hast du denn eine Vision gehabt?“, fragte Alex überrascht.

„Nein“, gab Cam zu. „Aber es ist dieselbe Farbe …“

„Irgendwas sagt mir, dass das nicht sein kann“, flüsterte Alex schnell, da Bree, Kristen und Beth hinter ihnen auf das Feld joggten, alle im Dress des Mädchenfußballteams.

Kristen war die Erste von Cams Sechserpack, der die Schrift auffiel. „Hey, schaut mal“, sagte sie, „da haben sich die Wildcats ja mal wieder was ganz Besonderes einfallen lassen.“ Die Salem Wildcats waren die Erzrivalen der Marble Bay Meteors, denen Cam und ihr Sechserpack angehörten.

Beth betrachtete das Graffiti genauer. „Was soll denn das nun wieder heißen? Plötzlich reden alle von Hexen. Was ist hier eigentlich los?"
Cam griff schnell Kristens Bemerkung auf. „Wahrscheinlich irgendein lahmer Wildcat-Witz. Die wollen uns vor dem Halbfinale ein bisschen Angst machen. Das mit den Hexen ist doch klar – die Wildcats kommen aus Salem, dem Ort, in dem jede Menge Hexen verbrannt wurden." Sie blickte sich um. „Wo sind eigentlich Amanda und Suke?" Sie versuchte krampfhaft die Aufmerksamkeit von der Schrift abzulenken.
„Die haben beide woanders Termine – Amandas Termin ist physisch, Sukes Termin ist psychisch …", kicherte Bree, ziemlich stolz auf ihren lahmen Witz.
„Was soll denn das jetzt wieder heißen?", wollte Beth wissen.
„Amanda ist beim Zahnarzt Doktor Weh und Suke lässt ihre Gefühle chemisch analysieren", erklärte Bree immer noch kichernd. „Suke macht heute freiwillig Überstunden in Dr Frankensteins Chemielabor."
Cams Nase begann zu jucken. Chemielabor?, dachte sie.
Der durchdringende Pfiff der Trainerin auf der Trillerpfeife unterbrach ihre Gedanken. Die Meteors joggten auf den Rasen. Alex hatte eigentlich vorgehabt, sofort nach Hause zu radeln und nachzuschauen, ob Cade sich per E-Mail gemeldet hatte, wo er sich gerade aufhielt. Aber wieder einmal hatte sie plötzlich eine Eingebung. Sie wusste es einfach.

Ganz automatisch hatte sich ihr Suchersystem wieder eingeschaltet. Cade war immer noch in London, lautete die Botschaft. Und dann machte Alex' Herz einen kleinen Freudensprung, denn es folgte noch ein kleiner Nachtrag: Er war gar nicht mehr richtig in London, sondern er war am Flughafen! Er war auf dem Weg hierher! Sie wusste es und auf genauso seltsame, aber absolut sichere Weise wusste sie, dass Mr Golem nicht der Hexenjäger war.

Sukari weinte, als Cam und Alex nach dem Training in die Mädchentoilette kamen. Aber sobald Sukari die Zwillinge sah, setzte sie das größte und falscheste Lächeln auf, das sie hervorbringen konnte, putzte sich die Nase und versuchte, völlig cool und locker zu klingen: „Hey, Doppelpack. Was geht?"

„Bumerang-Frage", gab Alex zurück. „Sag du erst mal, warum du den Niagara-Fall in den Schatten stellen willst."

Und schon stürzten die Tränen erneut wasserfallartig aus Sukaris Augen. Sie schluchzte laut und ließ die Schultern hängen.

„Mannomann", stöhnte Alex äußerst feinfühlig. „Das Wasser reicht, um ein Kraftwerk anzutreiben …"

Cam schob ihre gefühllose Schwester aus dem Weg. Lass mich mal, sollte das heißen. „Suke – stimmt was nicht?"

„Blöde Frage", murmelte Alex gereizt. „Das ist Mascara, was ihr übers Gesicht läuft, Barnes. Oder meinst du, sie macht jetzt auf Zebra?"

„Hat mit Spenser zu tun“, schluchzte Sukari auf. „Der Typ ist irgendwie total daneben, sobald er mich sieht. Früher war er immer so nett und, na ja, cool und ich hab gedacht, der kann mich voll gut leiden. Aber jetzt plötzlich kann ich ihm nichts mehr recht machen.“

„Warum denn das?“, fragte Cam, während sie am Waschbecken ein Papiertaschentuch befeuchtete.

Sukari zögerte mit der Antwort, aber Alex hörte ihre Gedanken und leitete sie sofort per Denkmail an ihre Schwester weiter. *Er will wissen, wieso sie die Fragen bei seinen Chemietests immer schon vorher weiß.*

Sukari warf Alex einen neugierigen Blick zu. „Er glaubt, dass ich irgendwelche Tricks oder so mit ihm spiele.“

Cam presste das Taschentuch aus und reichte es Sukari. „Hat er das tatsächlich gesagt?“

Sukari blickte von Alex zu Cam und wieder zu Alex. *Bitte presst das nicht aus mir heraus*, hörte Alex sie verzweifelt flehen.

Aber Cam wartete auf eine Antwort. „Komm, sag schon. Ich meine, er hat dich doch nicht ganz direkt beschuldigt, oder?“

Die Tür schwang auf und Amanda segelte herein. „Sukari! Ich warte schon ewig auf dich!“ Ihre Stimme, gerade noch verärgert, wurde plötzlich besorgt. „Sukari, was ist los? Weinst du etwa? Oh nein! Ist dir dein Chemietyp wirklich schon so unter die Haut gegangen?“

„Dein Chemietyp?“, echote Alex misstrauisch. „Hör mal, Amanda, woher weißt du, über wen wir reden?“

„Entschuldige mal!“ Die sonst so sanfte Amanda stemmte die Hände in die Hüften und ihre roten Haare schienen sich aufzurichten. „Als Skorpion bist du eine totale Fehlbesetzung“, schnaubte sie. „Die interessieren sich normalerweise schon für andere Leute. Ich weiß zufällig, was mit Suke los ist, schließlich ist sie meine beste Freundin und erzählt mir *alles,* und selbst wenn sie nichts erzählt, hab ich in solchen Dingen einen sechsten Sinn … Und das hier geht übrigens schon das ganze Schulhalbjahr so.“

„Was genau?“, wollte Cam wissen.

„Mit Spenser fährt sie auf einer Achterbahn. Mal Krach, mal Sonnenschein. So schnell kannst du nicht mal das Licht an- und ausschalten.“

Amanda nahm das feuchte Taschentuch und wischte ihrer besten Freundin die Mascaraspuren vom Gesicht. „Mal macht er sie halb verrückt mit seinem Lob – beste Chemieschülerin seit Madame Curie und so – und im nächsten Augenblick schreit er sie an, dass sie das Universum in die Luft bläst, wenn er sie nur einen Augenblick im Labor allein lässt.“

Sukari nickte zögernd. „In letzter Zeit war er wirklich echt seltsam …“ Sie brach ab und zögerte.

Seit dem Tag nach dieser doofen Premiere, hörte Alex sie denken. Oder hatte Amanda das gedacht? Alex war völlig verwirrt.

„Die ganze Schule scheint dieses Jahr nur so von seltsamen Typen zu wimmeln“, sagte Alex. Es war ein Versuch, mehr aus den Mädchen herauszubekommen.

„Da hast du Recht“, stimmte Amanda sofort zu. „Da ist mal Spenser, die Laborratte mit dem wilden Blick. Tut immer so, als sei er ganz der rational denkende Naturwissenschaftler. Aber wenn man dreimal hintereinander bei den Chemiearbeiten alle Punkte in die Scheune fährt, flippt er total aus. Explodiert richtig!“

„Und das ist mit Sukari passiert?“, fragte Cam.

Aber Amanda war nicht mehr zu bremsen. „Und dann ist da noch diese Shenky im Rektorat. Sieht aus wie ein Wiesel. Eigentlich ist sie Mrs Hammonds Sekretärin, aber sie benimmt sich wie eine Überwachungskamera.“ Amanda schüttelte erbost den Kopf. „Und einige von uns hat sie ganz besonders auf dem Kieker. Bree hat sie im letzten Halbjahr dreimal der Hammond gemeldet.“

„Und was ist mit diesem Golem?“, fragte Sukari und rümpfte die Nase. „Der Mann hat wirklich etwas … Unangenehmes an sich. Schleicht immer überall herum wie eine Schlange.“

„Golem.“ Cam warf Alex einen bedeutungsvollen Blick zu, aber Alex schüttelte den Kopf.

„Oder Spenser“, gab Alex zurück.

„Oder Shenky“, warf Amanda ein. „Ich frag euch: Ist das hier eine höhere Bildungsanstalt oder ein Zoo?“

Kapitel 11

MAGISCHE WACHSTUMSSCHÜBE

„Alex, irgendwas ist los", verkündete Cam am Abend, als sie sich nach dem Essen in ihr Zimmer zurückgezogen hatten.

„Blitzmerker. Das weiß ich schon seit hundert Jahren", murmelte Alex und ließ sich auf ihren Schreibtischstuhl fallen, der praktisch ihren Gesäßabdruck nicht mehr los wurde, seit Cade zum ersten Mal gemailt hatte, dass er nach Marble Bay zurückkehren würde.

„Nein, ich meine, wirklich … Etwas verändert sich … in mir."

„Hormonattacke", witzelte Alex wegwerfend. „Mädchen in der Pub…"

„Fielding!", fauchte Cam. „Ich meine was anderes! Ich kann plötzlich Stimmen hören und nicht nur den Quatsch, den du absonderst, okay?!" Cam neigte normalerweise nicht zu plötzlichen heftigen Wutausbrüchen, aber jetzt packte sie die Lehne des Schreibtischstuhls und riss Alex herum, sodass sie ihr in die Augen starren konnte. „Ich entwickle neue Kräfte, neue magische Kräfte …“

Alex war drauf und dran, einen Wutanfall zu bekommen und sich mit ihrer Schwester zu streiten, aber allmählich sanken Cams Worte in ihr völlig von Cade beherrschtes Denken. Sie holte tief Luft, verschränkte die Arme und lehnte sich zurück. „Okay, okay, Barnes. Komm wieder runter, ich bin ganz Ohr. Schieß los.“

Und Cam schoss los. Sie erzählte Alex noch einmal das, was diese seit ihrer Rückkehr von der Insel Coventry nicht hatte wahrhaben wollen – dass Cams übersinnliche Empfindungen, ihr „siebter Sinn“, plötzlich enorme Fortschritte gemacht hatten.

Früher hatten sich ihre Hexenkräfte nur auf ihre Augen beschränkt. Cams leuchtend graue Augen konnten ungewöhnlich scharf sehen und ihr Blick war buchstäblich brennend. Aber jetzt hatte sich auch ihr Gehör enorm verschärft und sogar ihr Geruchssinn. Cam glaubte, dass ihre magischen Sinne irgendwie erwacht seien.

Natürlich kam sie damit noch lange nicht an Alex’ Hör- und Geruchssinn heran. Sie hatte nicht Alex’ äußerst empfindsame Ohren und ihre hypersensible Nase, auch nicht ihre Fähigkeit, die Gedanken anderer zu lesen oder Gerüche genauer als ein Spürhund wahrnehmen zu können. Aber in letzter Zeit hörte Cam Klänge, Murmeln oder einfach unzusammenhängende Wörter und wusste, dass sie von den Gedanken der Menschen stammten, die um sie herum waren. Und an diesem Nachmittag, als sie auf dem

Fußballplatz über Sukari gesprochen hatten, hatte sie etwas in der Nase gekitzelt – kein richtiger Geruch, eher die Idee eines Geruchs …

„Ach, vergiss es!“ Cam warf sich quer auf ihr Bett. „Ich hab keine Ahnung, was los ist oder wie ich es erklären soll, nicht mal dir gegenüber. Es ist fast, als hätte ich eine Art parapsychologischen Wachstumsschub. Und bitte, Alex oder Artemis oder wer du auch sein magst, komm mir jetzt bloß nicht mit deinen abgelatschten sarkastischen Bemerkungen. Es ist schon schlimm genug, dass mich dieser irre Freak in meiner eigenen Schule als Hexe outen will …“

„Ach ja? Nur *du* wirst also als Hexe geoutet?“, fuhr Alex gereizt hoch. „Du bist also das einzige Hexchen, auf das es der Typ abgesehen hat? Also, ich kenn da noch jemanden, sehr verehrte Camryn oder Apolla oder wer du auch sein magst! Ich hab vielleicht nicht deine heißen Super-Visionen, aber auch auf *einem* geistigen Auge seh ich schon ganz schön weit voraus! Was hier abgeht, Apolla, ist nicht deine Solo-Show. Da hängen wir beide drin, du und ich, und noch dazu irgendein anderer armer Teufel. Wir werden von einem irren Typ gejagt und zum Wahnsinn getrieben. Und glaub es mir: Der ist nicht dieser arme Hausmeister in unserer Schule!“

„Woher willst du das wissen?“, giftete Cam zurück. Sie kochte förmlich vor Wut und setzte sich ruckartig aufrecht in ihr Bett. „Und was soll der schlechte Witz mit deinem *einen* geistigen Auge? Den hab ich nicht geblickt …“

„Du – die berühmte Hellseherin?“, fauchte Alex. „Ich zeig’s

dir, pass mal auf." Sie machte mit dem Stuhl eine schwungvolle Drehung und blickte auf den Monitor. „Ich hab meine Mails seit heute Morgen nicht mehr gecheckt. Aber jetzt, bevor ich auch nur meine Mailbox aufmache, kann ich dir sagen, dass Cade im Heathrow Airport in London entweder schon im Flugzeug sitzt oder zumindest gerade einsteigt. Genau jetzt befindet er sich also auf dem Weg hierher in die Staaten. Und woher weiß ich das? Na, guck doch: Auch ich hab eben so meine kleinen süßen parapsychologischen Wachstumsschübchen!"

Wie eine Konzertpianistin ließ Alex ihre Hände herunterfallen, eine auf die Tastatur, die andere auf die Maus. Sie klickte auf „Posteingang" und da war sie auch schon – die Mail von Cade.

Sie wollte sie gerade mit einem Doppelklick öffnen, als Cam, die ihr jetzt über die Schulter blickte, plötzlich schrie: „Stopp! Was ist das denn? Mach die hier mal auf!" Sie deutete auf eine der ungelesenen Mitteilungen.

Betreff: Eure Zeit ist abgelaufen! Von: Hexenjäger.

Alex und Cam schauten sich geschockt an.

„Komm, mach schon! Öffne die Mail!", drängte Cam und griff nach der Maus.

Alex schlug ihre Hand weg wie eine lästige Fliege und klickte die Mail an. Und genau in diesem Augenblick spürte sie an den Wangen und am Nacken eine starke Brise. Ihr Stachelhaar konnte sich zwar nicht mehr weiter aufrichten, denn es stand schon durch mindestens zwei Tuben Gel gestärkt steil in die Höhe, aber im Nacken bildete sich

eine Gänsehaut, als stünde sie tatsächlich in einer kühlen Meeresbrise, die durch die starken Wände des Schlafzimmers blies.
Cams Stimme wurde plötzlich zu einem Flüstern und das machte die Sache nur noch schlimmer. „Alex – ich rieche etwas … wie Knoblauch und …“
„Faule Eier“, bestätigte Alex. „Faule Eier – so stinkt Schwefel, auf Lateinisch Sulfur. Und Sulfur bedeutet … Chemielabor …“
Cams Magen zog sich zusammen. Sie packte Alex’ Stuhllehne mit beiden Händen. „Los, mach schon! Was steht in der Mail?“
„Lies die Botschaft und frohlocke!“, knurrte Alex wütend.
Cams Blick hatte sich verschleiert und sie blinzelte heftig, um wieder klare Sicht zu bekommen. Endlich war die Schrift wieder deutlich lesbar:
HEXEN, ICH WARNE EUCH: IHR KÖNNT EUCH IN MARBLE BAY NICHT VERSTECKEN. MORGEN WERDEN ALLE EURE NAMEN KENNEN.
Die Mail war nicht nur an Cam und Alex geschickt worden. Fassungslos starrten sie auf die Adressliste: Der Hexenjäger hatte sie an alle anderen in ihrer Klasse geschickt.
„Morgen?“ Cam fasste sich an die Kehle, als würde sie ihr von unsichtbaren Händen zugeschnürt. „Was können wir jetzt noch dagegen unternehmen, Alex? Es ist schon sieben Uhr abends. Wir müssen ihn sofort suchen und ihn daran hindern!“
Alex konnte nicht antworten, sie konnte nicht mal mehr

richtig denken. Ihr Kopf dröhnte. Sie senkte ihn und schloss die Augen. In der Dunkelheit wurde ihr Geruchssinn viel schärfer. Der Gestank von faulen Eiern, von ätzenden Chemikalien drang ihr in die Nase. Sie schluckte heftig und kämpfte gegen einen Brechreiz.

Blind tastete sie sich vom Schreibtisch zur Wand und an der Wand entlang zum Bad. Dort fiel sie auf die Knie und legte ihre plötzlich heiße Stirn gegen das kühle Porzellan des Waschbeckens.

Irgendwann musste sie ohnmächtig geworden sein. Als sie die Augen wieder aufschlug und mühsam auf die Beine kam, war der Himmel draußen vor dem Badfenster in tiefrotes Abendlicht getaucht. Alex taumelte ins Schlafzimmer zurück und ließ sich erschöpft auf ihr Bett fallen. Ihre Schwester war verschwunden.

Sie hatte nicht die Kraft, Cam zu rufen oder nach ihr zu suchen. Sie ließ sich auf das Kissen sinken und wartete darauf, dass sich der Aufruhr in Kopf und Magen wieder legte und ihr Gleichgewicht und ihr Verstand wieder hergestellt waren.

Kapitel 12

DIE GESCHICHTE DES HEXENJÄGERS

Cam konnte und wollte nicht mehr warten. Okay, vielleicht hatte Alex Recht und Mr Golem war wirklich nicht der Hexenjäger. Trotzdem war Cam überzeugt, dass die Lösung des Rätsels irgendwo in der Schule zu finden war. Entweder war es jemand, der dort arbeitete, oder jemand, der sich irgendwie in die Schule schleichen konnte.

Als sie die Marble Bay Highschool fast erreicht hatte, sah sie zwei Autos, die eben den Parkplatz verließen. Das eine Auto kannte sie – es gehörte der Schuldirektorin Mrs Hammond. Am Steuer des anderen Wagens saß Golem.

Cam wandte sich schnell ab und tat so, als müsse sie ihre Turnschuhe fester zuschnüren. Sie war ziemlich sicher, dass er sie nicht gesehen hatte. Golem stand auf ihrer Hitliste der Verdächtigen immer noch auf Platz eins. Sollte sie ihm folgen? Wie denn – zu Fuß? Sie sollte sich wirklich mal einen Besen zulegen. Sie schüttelte den Kopf. Idiotische Ideen dieser Art konnte sie jetzt nicht brauchen. Es war sowieso besser, dass er sich nicht mehr auf dem Schulgelände herumtrieb. Sicherheitshalber wartete sie, bis sein Auto außer Sichtweite war. Golem fuhr einen unauffälligen Allerweltswagen, alt, dunkle Farbe, und sie war ziemlich sicher, dass das nicht das Fahrzeug war, das die Limousine auf dem Weg zur Premiere beinahe zu Schrott verarbeitet hätte.

Erleichtert richtete sie sich auf und ließ den Blick prüfend über das Schulgelände streifen.

Auf dem Parkplatz standen nur noch drei Fahrzeuge. Zwei erkannte sie: den ziemlich mitgenommen aussehenden Geländewagen, in dem der Basketballlehrer Hadley immer einen halben Sportladen in der Gegend herumfuhr, und den rostroten VW Beetle mit dem amtlichen Kennzeichen 123 ED, der von allen nur „Mathemobil“ genannt wurde, weil er der Mathelehrerin Eletha Denadio gehörte. Ihr Blick blieb am dritten Wagen hängen, denn den konnte Cam momentan nicht identifizieren.

Doch da fiel es ihr plötzlich wie Schuppen von den Augen, kalter Schweiß trat auf ihre Stirn, als ihr klar wurde, dass das durchaus der dunkle Wagen sein konnte, mit dem der Hexenjäger zur Premiere gefahren war. Und dieses Auto stand jetzt hier auf dem Lehrerparkplatz.

Sie widerstand ihrer inneren Stimme, die sie fast anflehte: Verschwinde, so schnell du kannst! Stattdessen blickte sie sich vorsichtig um, lief zu dem Fahrzeug und blickte hinein. Die Scheiben waren dunkel getönt, doch mit der Hand über den Augen konnte sie durch eines der vorderen Seitenfenster ins Wageninnere blicken. Auf dem Vordersitz lagen eine gewöhnliche Lederaktentasche, ein Stapel blauer Klassenarbeitshefte und ein gestreifter Schal.

Okay – was hatte sie erhofft? Dass der Führerschein dort liegen würde, mit Foto und Anschrift des Fahrers?

Die Sonne stand bereits knapp über dem Horizont und die Schatten der um die Schule stehenden Bäume streckten sich wie lange Finger über das Gelände. Cam wischte den Abdruck ihrer Nase auf der Scheibe mit dem Sweatshirtärmel ab und rannte zum Sportplatz hinüber. Wie die meisten Mädchen des Meteor-Teams hatte auch sie einen Schlüssel, mit dem sie die Türen der Gymnastikhalle zuschließen konnte, wenn sie länger trainieren wollte. Sie öffnete lautlos die Tür und hielt eine Sekunde inne, um zu horchen. Ob wohl noch eine Trainerin oder sonst jemand im Gebäude war?

Ihre Schuhe quietschten leise auf dem hochglanzpolierten Parkettboden, als sie durch die Halle ging. Sie dachte kurz an Jason und atmete unwillkürlich tief ein, ob in der abgestandenen, nach Schweiß riechenden Luft nicht der frische Duft seiner Haut und seiner dunklen Locken zu riechen war. Der Gedanke an ihn wärmte sie, zauberte ein Lächeln auf ihr Gesicht, aber nur ein flüchtiges, denn dann erinnerte sie sich daran, dass er bald nicht mehr hier sein würde. Als sie die Halle verließ, war sie bereits tief in ihr Selbstmitleid versunken.

Dann schlug eine Tür am Ende des Korridors zu und Cam erstarrte mitten im Schritt.

Sie werden bald kommen, hörte sie eine Stimme sagen. *Ich muss noch mal alles überprüfen.* Cam wurde plötzlich klar, dass niemand laut gesprochen hatte. Sie hatte die Gedanken eines anderen Menschen gehört. Und es waren nicht Alex' Gedanken gewesen. Auch nicht die von den „hexenverdächtigen" Mitgliedern des Sechserpacks. Sondern *seine* Gedanken. Die des Hexenjägers.

Entschlossene, harte Schritte hallten durch den leeren Korridor. Cam stand immer noch wie erstarrt, doch plötzlich kam Leben in sie. So gut es ging, suchte sie Deckung hinter einem Block von Spinden und Schließfächern. Sie drückte sich so eng wie möglich gegen die geflieste Wand. Ihr Herz schien sich zu überschlagen, sein wildes Pochen dröhnte in ihren Ohren und überlagerte alle anderen Geräusche. Es beruhigte sich erst wieder, als die Schritte längst nicht mehr zu hören waren. Und als sie seine Gedanken nicht mehr hörte.

Cam lief schnell durch die Feuerschutztüre, die in den Keller führte. Sie fand Mr Golems Büro-Werkstatt verschlossen. Aber Cam interessierte sich sowieso nicht besonders dafür, sondern für die dunkle Kammer am Ende des Flurs. Irgendetwas zog sie dorthin. Und dieses Mal stand die Tür weit offen.

Misstrauisch blieb sie stehen und drückte sich wieder gegen die Wand. Wäre nicht schlecht, dachte sie, wenn sie sich unsichtbar machen könnte. Während sich die Heizungsrohre an der Wand hinter ihr schmerzhaft in ihren Rücken pressten, dämmerte ihr, dass sie und Alex eines Tages tatsächlich in der Lage sein würden, sich unsichtbar zu machen. Vielleicht schon bald nach ihrer Hexenweihe. Wahrscheinlich brauchte man dafür nur ein paar Kristalle, ein bisschen Kräuter und irgendeinen Zauberspruch und schon würde es *Puff!* machen und sie würden selbst am helllichten Tag unsichtbar. Nicht auszudenken, was man dann anstellen könnte!

Im Moment allerdings war sie nichts weiter als eine noch nicht geweihte Hexen-Azubi, und obwohl alle möglichen Leute immer behaupteten, dass sie und Alex schon sehr starke Magie besaßen, fühlte sich Camryn gerade jetzt keineswegs als Expertin für irgendeine Art von Magie. Höchstens dafür, wie man Angstzustände überwand. Wenn dabei die Übung den Meister machte, dann war sie auf diesem Gebiet unübertrefflich. Sie hoffte nur, dass ihr das helfen würde, diesen mysteriösen Hexenjäger zu erledigen.

Die offen stehende Tür am Ende des Flurs bewegte sich nicht und in der Kammer brannte kein Licht. Der Hexenjäger schien nicht in dem Raum zu sein. Soweit Cam sehen konnte, war die Luft rein. Sie löste sich von der Wand und rannte so geräuschlos wie möglich auf die Kammer zu.

Sie erreichte die Tür und im selben Moment, in dem sie die Kammer betrat, wurde sie von einem entsetzlichen Schwindelgefühl überwältigt. Sie fiel auf die Knie, kippte nach vorn und konnte sich gerade noch rechtzeitig mit den Händen abstützen. Eine Leinentasche dämpfte ihren Fall – aber nicht das Schwindelgefühl. Die unbelüftete Kammer schien sich um sie zu drehen.

Die Schmerzen begannen im Kopf. Wie eine immer enger werdende Stahlklammer zogen sich die Schmerzen um ihre Stirn zusammen.
Eine Vision. Das hat mir gerade noch gefehlt, dachte sie gereizt. Als ob mir nicht schon übel genug wäre! Nein – ich muss natürlich auch noch eine Vision bekommen, etwas Unbekanntes sehen, etwas Schlimmes … Und mit einem grauenhaften Schock wurde ihr plötzlich klar, dass dieses Etwas versuchte, aus der Leinentasche zu entfliehen, auf die sie sich mit den Händen stützte.

Seine junge Frau und sein Kind waren bei dem Autounfall ums Leben gekommen. Ein Unfall, den er vorausgesehen hatte. Trotzdem hatte er nichts unternommen, um ihn zu verhindern. Er hatte am Steuer gesessen und nachgedacht. Im Radio lief eine dieser ewigen Talksendungen, aber das war nur Hintergrundgeräusch wie das Geräusch der Reifen im Schneematsch. Und genauso monoton wie das ständige Hin und Her der Scheibenwischer. Er fuhr seine kleine Familie nach Appleton zum Weihnachtsessen bei seinen Schwiegereltern.
Er dachte, welch großes Glück er doch hatte. Wie wunderbar es war, nun Vater zu sein. Er war verheiratet mit einem schönen Mädchen, das er liebte. Ein ganz normaler Mann, wie er immer geglaubt hatte, wenn man mal davon absah, dass er immer stärkere Vorahnungen und Eingebungen gehabt hatte als jeder andere seiner Bekannten und Freunde

und dass er dabei häufiger Recht behalten hatte als sie. Er spürte Dinge, die sie nicht spürten – worauf sie wahrscheinlich auch keinen großen Wert legen würden, wenn er an die Kopfschmerzen dachte, die diese Gefühle begleiteten.

Das also waren die ganz alltäglichen Gedanken, die ihm bei dieser Fahrt durch den Kopf gingen, bis er eine halbe Meile vom Ziel entfernt einen riesigen Truck bemerkte, der ihm auf der anderen Straßenseite entgegenkam. Allerdings sah er eigentlich nur die Lichter, die sich durch das dichte Schneetreiben bohrten. Aber er *ahnte*, dass es ein großer Truck war.

Ein scharfer Schmerz hinter seinen Augen ließ ihn aufstöhnen.

Seine Hände, die in dicken Handschuhen steckten, krampften sich um das Lenkrad.

Was wäre, wenn?, dachte er, während sich die Schmerzen hinter den Augen wie heißes Öl ausbreiteten. Was wäre, wenn der riesige Lastwagen auf dieser schmalen, eisigen Straße ins Schleudern geriet?

Oder was wäre, fragte er sich und kalter Schweiß brach ihm aus, wenn dieser Truck, der auf seinem Doppeldeck neue Autos transportierte, von der Fahrbahn abkam, wenn seine Ladung verrutschte und über den Mittelstreifen auf die Gegenfahrbahn krachte?

Der Schmerz war jetzt so heftig, dass er unwillkürlich die Augen schloss. Dann ein furchtbares, grauenhaftes Krachen. Das war alles, woran er sich erinnern konnte. Später hatte man ihm erzählt, dass eine hell glänzende, metallicblaue Caravan-Limousine sich aus den Halterungen auf dem oberen Deck des Autotransporters gelöst hatte, auf die Gegenfahrbahn gestürzt war und sein Auto unter sich begraben hatte.

Helen, seine angebetete junge Frau, war sofort tot. Und auch die kaum drei Monate alte Lydia war auf der Stelle tot. Nur er hatte überlebt. Doch wofür? Warum lebte er weiter, wo doch die beiden Menschen gestorben waren, die er liebte? Wem konnte er jemals wieder nutzen und wofür?

Elfman gab ihm schließlich eine Antwort. Elfman – ein Hexer, der offenbar überall helfend eingriff und den er zwei Jahre nach dem Unfall kennen lernte.

Nach der langen Trauerzeit war sich der Hexenjäger immer nutzloser und überflüssiger vorgekommen. Seine Laune war düster und trübe und er war ständig gereizt. Längst hatte er wieder zu arbeiten begonnen, aber sein Job interessierte ihn nicht mehr. Es kam ihm so vor, als müsse er ständig nach etwas oder nach jemandem suchen, um seine rastlose Energie irgendwie aufzubrauchen.

Eines Tages las ein Freund eine Anzeige für eine öffentliche Konferenz zum Thema „Übersinnliche Wahrnehmung"; der Freund hatte ihn auch gleich angemeldet mit dem Argument, er könne sich ja nicht ewig zu Hause verstecken. Und ging es nicht auch bei all seinen seltsamen Vorahnungen und Eingebungen irgendwie um übersinnliche Wahrnehmungen? Wollte er denn nicht mehr darüber erfahren? Zum Beispiel darüber, warum er im Unterschied zu allen

anderen immer schon vorher wusste, was gleich passieren würde?
Diesem Freund hatte er nicht erzählt, dass er den tödlichen Unfall ebenfalls vorhergeahnt hatte. Er hatte überhaupt niemandem erzählt, dass er durch den dichten Schneematsch hindurch den riesigen Truck wie ein Ungeheuer hatte herannahen sehen, bevor er ihn tatsächlich hatte erblicken können.
Er ging also zu der Konferenz. Und dort begegnete er Elfman, dessen Name nicht passender hätte sein können: klein, runzelig, mit weißem Bart und glitzernden – ja, wirklich glitzernden, wasserblauen Äugchen.
„Sami Elfman", hatte sich der kleine Mann während einer Kaffeepause im Foyer vor dem Seminarraum vorgestellt. „Übersinnliche Wahrnehmung ist eine wirklich großartige Begabung, nicht wahr?", fragte Elfman im Plauderton.
„Oder ein Fluch", entgegnete der Hexenjäger.
Elfman nickte ernsthaft und sagte sanft: „Mein herzliches Beileid für Ihren schweren Verlust. Ein wirklich furchtbarer Schicksalsschlag, der weder vergessen werden kann noch gutzumachen ist. Das Herz eines Menschen kann daran zerbrechen, aber Ihr Herz ist immer noch stark und offen. Und auf dieser Welt gibt es so viele, die Ihren Schutz und Ihre Fürsorge gut brauchen könnten."
Dem Hexenjäger schwamm der Kopf. Woher wusste der alte Mann von seinem Verlust? Oder wie es in seinem Herzen aussah? Wie hatte dieser Fremde überhaupt erraten, dass er sich förmlich nach einer Aufgabe, einer Mission,

einem Lebenszweck sehnte? Nach irgendeiner Tätigkeit, in der er sich verlieren konnte? Oder eine, durch die er sich wieder finden konnte.
Eine Glocke läutete zum Zeichen, dass die Pause vorüber war. Elfman berührte seine Hand mit einer seltsam altmodischen, aber beruhigenden Geste und eilte dann in den Konferenzsaal zurück, wo er fast sofort in der Menschenmenge verschwand.
Das war Ende November gewesen.
Am Frühjahrsanfang war er dann zu einer weiteren Veranstaltung gegangen – einer Konferenz über Parapsychologie. Er ertappte sich dabei, dass er in der Menge nach Elfman suchte. Er folgte nicht einfach nur einem unbestimmten Gefühl, dass der seltsame Alte vielleicht anwesend sein könnte, sondern in den letzten Monaten war in ihm ein unerklärliches Verlangen gewachsen, noch einmal mit ihm zu sprechen.
„Ich habe was für Sie." Mit dieser Ankündigung schob sich der alte Mann plötzlich neben ihn, fasste ihn am Ellbogen und steuerte ihn durch das dichte Gedränge im Saal. Wie bei einer Messe waren in dem riesigen Raum dutzende von Buden und Ständen aufgebaut. Eine winzige Chinesin, die Elfman Lady Fan nannte, stand hinter einem Stand und bot Gesundheits- und Heilkräuter an. Sie zog schwungvoll den Vorhang an der Rückwand des Standes beiseite und Elfman und der Hexenjäger traten ein.
Sie unterhielten sich eine Weile. Aber der Hexenjäger erinnerte sich später kaum noch an die Unterhaltung, außer,

dass sie mit demselben Satz begann und endete: „Ein Kind braucht Sie."

Dieses Kind war fast noch ein Baby. Ein Mädchen. Eine Babyhexe, um genau zu sein, wie Elfman erklärte, die von ihrer Familie zur Adoption freigegeben worden war. Bevor der verblüffte Hexenjäger noch fragen konnte: „Eine Baby*hexe*?", erzählte Elfman schnell weiter. Warum taten Eltern so etwas? Weil das Kind mit seinen vierzehn Monaten ganz ungewöhnliche – Elfman zögerte mit vielen „hm, hm" und „äh, hm" – frühreife Fähigkeiten gezeigt habe.

Frühreife Fähigkeiten?

Na ja, sie schien für ihr Alter ganz ungewöhnlich intelligent zu sein, war fähig, nun … Dinge zu tun, wozu ein normales Kind in diesem Alter eigentlich völlig unfähig war … Dinge, die einer, sagen wir mal, *normalen* Kindhexe nicht einmal im Traum einfallen würden.

Da war es schon wieder, dieses Wort, ganz beiläufig ins Gespräch geworfen, als sei es völlig selbstverständlich: *Hexe.*

Elfman ließ sich nur sehr vage darüber aus, was denn nun diese frühreifen Fähigkeiten eigentlich seien, die das Kleinkind schon besitze. Aber ihre Eltern, fuhr Elfman fort, seien vermutlich mit diesem aufmüpfigen Kind immer weniger zurechtgekommen, immer unsicherer geworden. Im Grunde hätten sie sich Sorgen gemacht, dass sie nicht in der Lage sein würden, ein so ungewöhnlich entwickeltes Kind aufzuziehen. Sie seien schlicht überfordert gewesen, meinte Elfman. Am Ende hätten sie ihn gebeten, sich nach einem besseren Zuhause für das Mädchen umzusehen.

Kurz nachdem sie ihn darum gebeten hatten, kamen beide Eltern ums Leben, als ihr Haus abbrannte. Nur das Kind konnte gerettet werden. Habe er, fragte Elfman eher beiläufig, eigentlich schon erwähnt, dass das Kind gewisse … frühreife Fähigkeiten besitze?
Nun, der Beweis dafür sei die Art und Weise, wie das erst elf Monate alte Kind den Brand überlebte: Nur wenige Augenblicke, bevor das Haus einstürzte, war es ganz allein auf allen vieren aus dem Haus gekrabbelt.

Kapitel 13

EINE FREUNDIN MIT PROBLEMEN

Sie wollte die Leinentasche nicht öffnen. Alle Sehnen und Muskeln ihres Körpers sträubten sich dagegen. Ihre plötzlich schweißnassen Hände zuckten zurück, sie vibrierten schmerzhaft und fühlten sich an, als seien sie mit tausenden von Nadeln gespickt.

Langsam stand sie auf. Ihr Kopf dröhnte noch immer wie nach einem grauenhaften Albtraum, dem Albtraum, der sich durch den Stoff der Tasche zwängte. Sie verspürte ein fast rasendes Verlangen, ihre Hände zu waschen, wenn möglich mit einer Stahlbürste gnadenlos zu schrubben, um die furchtbare Geschichte des Hexenjägers von ihren Händen zu spülen und um dann so schnell sie konnte nach Hause zurückzukehren.

Aber etwas hielt sie auf der Stelle fest. Sie starrte immer noch auf die Tasche zu ihren Füßen. Was mochte darin sein, was versteckte sich darin, was war es, das diese verkorkste Geschichte von sich gegeben hatte, die durch Cams

Berührung mit der Tasche in ihr Bewusstsein aufgestiegen war? Sie musste es wissen.

Entschlossen kniete sie nieder und zog den Reißverschluss auf. Ihre Hände zitterten. Und in der Tasche fand sie es: einen schwarzen Umhang und, in zwei Teile zerlegt, die Sense und den Stiel – die Sense, die der Irre bei der Premiere drohend geschwungen hatte.

Der Kapuzenumhang und die Waffe des Hexenjägers waren also hier, in der Schule versteckt. Genauer: in Mr Golems Materialkammer!

Erschüttert taumelte Cam zurück, drehte sich um und raste, ohne eine Sekunde zu zögern, aus dem Gebäude. Erst auf der großen Freitreppe hielt sie an und sog begierig die frische Abendluft in ihre ausgepumpten Lungen. Und erst jetzt hörte sie die telepathische Botschaft – undeutlich und verzerrt, aber sie glaubte Alex' Stimme zu erkennen, die nach ihr rief.

Bitte, bitte, Cam … Komm schnell nach Hause.

Bitte, bitte? Das klang allerdings überhaupt nicht wie ihre Schwester, überlegte Cam. Während sie durch die schon fast dunklen Straßen rannte, wischte sie die Hände immer wieder an ihrer hautengen Jeans ab. Das Haus der Barnes' war nur noch einen Block entfernt, als wieder eine Denkmail kam: *Beeil dich, bitte!* Doch dieses Mal erkannte sie die Stimme.

Cam stieß heftig die Haustür auf und wäre beinahe mit Dave zusammengeprallt, der eben mit einer Tasse Kaffee in der Hand aus der Küche kam. „Holla! Nicht so stürmisch!“, rief er, während er zurücktaumelte und verzweifelt versuchte zu verhindern, dass der Kaffee über den Tassenrand schwappte. „Du hast Besuch. Sitzt im Wohnzimmer."

Bevor er auf die Idee kommen konnte, Fragen zu stellen, sagte Cam schnell: „Oh, okay. Wie lange ist Sukari schon hier?"

Dave blinzelte ein paarmal, dann schüttelte er den Kopf. „Woher weißt du ...", begann er langsam, doch dann unterbrach er sich. „Nein, ich will jetzt nicht noch mal mit diesem Thema anfangen. Ja, okay, es ist Sukari und sie ist seit ungefähr fünf Minuten hier. Sie sagte, sie wolle auf dich warten. Du würdest sowieso gleich kommen. Ich hab angenommen, dass ihr euch verabredet habt."

Cam machte sich nicht die Mühe, Daves Annahme zu berichtigen. Irgendwie hatte er ja Recht, dachte sie, Sukari und Cam hatten sich gewissermaßen „verabredet". Jedenfalls war eins bemerkenswert: Sie, Cam, hatte vor der Schule tatsächlich den Notruf ihrer Freundin *empfangen* können.

Irgendetwas lag in der Luft. Etwas hatte sich verändert. Ihre magischen Kräfte nahmen zu. Das war absolut super, dachte sie. Denn nach dem unheimlichen Erlebnis in Golems Materialkammer konnte sie jedes Fünkchen zusätzlicher Magie brauchen.

Sukari schien gerade wieder gehen zu wollen, denn sie war auf dem Weg zur Tür, als Cam das Wohnzimmer betrat. Trotz ihrer goldbraunen Haut war sie recht blass um die Nase. Sie hielt einen Zettel in der Hand und warf Cam sofort die Arme um den Hals. Sie wimmerte, was normalerweise überhaupt nicht ihre Art war. „Oh, Cam – ich weiß nicht, was los ist! Cam, ich brauche deine Hilfe! Ich hab solche Angst! Ich glaube, ich dreh durch."

„Da bist du heute Abend wahrscheinlich nicht die Einzige", kommentierte Cam trocken.

Sie war jetzt ganz ruhig. Seit sie das Haus betreten hatte, hatte sie förmlich eine Welle des Selbstvertrauens und der Zuversicht erfasst. Die Sorgen und Ängste, die sie noch in der Schule verspürt hatte, waren völlig verschwunden. Vielleicht hatte sie nichts anderes gebraucht als die Sicherheit ihres Zuhauses, die vertraute Umgebung, das Wissen, dass Dave und Emily hier waren. Sie erwiderte Sukaris Umarmung, dann hielt sie sie auf Armlänge von sich und schaute sie aufmerksam an. „Hätte ich mir nie träumen lassen, von dir mal so was wie ‚Ich brauche Hilfe' zu hören! Nicht von dir, dem Mädchen, das immer alles im Griff hat!"

Sukari brachte ein unsicheres Lächeln zu Stande. „Ja, okay, das glauben wohl alle. Hast du vielleicht … hast du auch diese Mail hier bekommen?", fragte sie vorsichtig und hielt Cam den Zettel hin. Es war ein Ausdruck von der E-Mail des Hexenjägers.

„Natürlich", antwortete Cam. „Hast du das hier nicht gesehen?" Sie deutete auf die lange Liste der E-Mail-Adressen, an die der Hexenjäger seine Drohung geschickt hatte. „Alle haben sie bekommen. Dieser Verrückte hat wirklich einen abartigen Humor."

„Aber der Absender nennt sich Hexenjäger, Cam. Das ist dieser Typ von der Premiere."

„Nein, nein. Du hängst zu oft mit Amanda herum, Mädchen." Cam wandte sich ab, damit Suke nicht sehen konnte, wie unangenehm ihr diese Lüge war. „Wo ist nur die mutige Sukari geblieben?"

„Das hat Amanda auch gesagt. Ich … ich hab versucht, ihr das zu erklären …", stieß Sukari unglücklich hervor. „Aber sie kapiert es einfach nicht."

„Gibt's bei dir tatsächlich etwas, das Amanda nicht kapiert?", lachte Cam ungläubig.

„In letzter Zeit schon." Sukari zerknüllte das Blatt Papier und stopfte es in die Tasche ihrer Jeans. „Ich weiß gar nicht, wie ich anfangen soll."

Aber schließlich wusste sie es doch. Zuerst nervös, mit vielen halben Sätzen und unvollendeten Wörtern und vielen Abschweifungen erzählte Sukari ihre Geschichte.

Bei Schulbeginn in diesem Jahr hatte sie sich noch super gefühlt. Völlig normal. Hatte sich riesig gefreut, als sie in Mr Spensers Leistungskurs aufgenommen wurde. Sie hatte zwar gehört, dass er sehr viel verlange, aber angeblich ein fantastischer Lehrer sei. Und das sei er auch, gab Sukari zu. Absolut fantastisch. Bis …

Sukari unterbrach sich und stützte den Kopf in die Hände. Bis, fuhr sie schließlich fort, bis sie angefangen habe, die Antworten auf seine Kontrollfragen zu wissen …

„Natürlich weißt du die Antworten", unterbrach Cam. „Physik und Chemie sind schließlich deine Starfächer."

„Nein, nein, das war nicht der Grund", widersprach Sukari. „Sondern dass ich die Antworten wusste, *bevor* ich die Testbögen gesehen hatte. Ich meine nicht, dass ich sie wörtlich wusste. Ich spürte nur einfach irgendwie, was er fragen würde. Und ich hatte immer Recht. Wirklich irre. Es war, als hätte ich die Testbögen schon vorher zu sehen bekommen. Und vermutlich glaubt das Spenser tatsächlich. Aber natürlich war es nicht der Fall, wie sollte das auch sein? Jedenfalls fragte er mich, wieso ich schon vorher immer weiß, was im Test drankommen wird. Ich hab dann immer gesagt, dass ich das irgendwie im Gefühl gehabt hätte, verstehst du? Aber sogar ich weiß, dass es mehr ist als nur ein Gefühl, Cam. Es kommt mir so vor, als ob ich allmählich … so werde wie du."

Cam erstarrte. „Wie ich? Was meinst du denn damit?", fuhr sie auf, selbst überrascht, dass sie so aufgebracht klang. Fast wütend. Oder vielleicht war es gar nicht Wut, sondern ein Gewirr von Gefühlen, bei dem Angst ganz oben auf der Liste stand und das sie immer dann empfand, wenn sie etwas bemerkte, begriff oder auch nur ahnte, mit dem sie überhaupt nichts zu tun haben wollte.

So wie jetzt. In diesem Augenblick wurde ihr mit einem Schlag klar, wen außer ihr und Alex der Hexenjäger gemeint hatte, als er von „drei Hexen" sprach.

Sukari wich zurück. Leichenblass im Gesicht. Sie trat zwei Schritte zurück und wandte sich von Cam ab. „Nichts … Ich weiß nichts. Ich meine nur, so wie dein ‚zweites Gesicht', verstehst du?" Sie redete jetzt viel langsamer, offenbar wollte sie Zeit gewinnen, um sich über ihre Gedanken klar zu werden. „Du weißt schon – wie du manchmal etwas ahnen oder fühlen kannst, bevor es sich ereignet? Wie beim Fußball. Es sieht manchmal so aus, als ob du die Gedanken der Spieler im anderen Team lesen könntest. Du läufst in eine Richtung, in der absolut nichts abgeht, und Sekunden später landet dort tatsächlich der Ball … Du errätst einfach, wie sie spielen werden … So ungefähr, Cam, ist es auch bei mir. Ich hab nur einfach so ein Gefühl, was als Nächstes kommt. Und ich kann dir was sagen: Es macht mir höllisch Angst. Aber noch schlimmer ist, dass es auch Mr Spenser verrückt macht. Letzte Woche hat er mich tatsächlich eine Hexe genannt! Vor der ganzen Klasse! Die haben vielleicht geglotzt!"

Cam. Alex. Sukari. Das ergab drei.

Nur war Suke eben keine Hexe. Da war sich Cam absolut sicher.

„Der Pauker hat dich Hexe genannt, vor der Klasse? So was darf er gar nicht. Grenzt an psychische Schikane. Ich würde mal der Direktorin …"

Sukari sprang auf. „Nein, nein! Wahrscheinlich nehme ich das alles wichtiger, als es wirklich ist. Ich will doch deswegen keine große Show machen …"

Cam seufzte. Du machst doch gar keine Show!, wollte sie schreien. Ihre Gedanken überschlugen sich. Sukari war zu ihr gekommen – ausgerechnet Sukari, die in den Naturwissenschaften zur Elite der Schule gehörte, hatte sich an Cam gewandt, weil sie gespürt oder gewusst hatte, dass

Cam vielleicht die Einzige war, die sie verstehen würde. Und die ihr helfen konnte. Und hatte Cam nicht all ihre magischen Kräfte genau dafür bekommen?

Cam versuchte noch einmal, die Sache durch einen Witz ins Lächerliche zu ziehen, um Sukari aufzuheitern. „Okay, dann verhalte dich doch einfach so, wie er es erwartet. Spiel die Hexe. Oder komm morgen auf einem Nimbus 2000 in die Schule geflogen."

Voll daneben. Sukaris Augen füllten sich mit Tränen. Höchste Zeit, die Sache ernst zu nehmen.

Cam ließ die Einzelheiten weg. Sie beschränkte sich darauf, Sukari zu erklären, dass bestimmte Leute – wobei sie weder Dave noch Alex' Adoptivmutter Sara noch andere Menschen erwähnte, die sie und Alex kennen gelernt hatten – nur einfach hypersensitiv auf alles reagierten, was um sie herum vor sich gehe. Diese Leute hätten sozusagen einfach besonders empfindliche Radarantennen, hätten schärfere Instinkte oder Intuitionen, die überdurchschnittlich häufig zuträfen.

„Wie du?", schnüffelte Suke und putzte sich die Nase.

„Hm, ja, so ungefähr", antwortete Cam. Sie hatte eigentlich erwartet, dass Sukari dagegen argumentieren oder fragen würde, woher sie das alles wisse, aber das Mädchen war viel zu erschöpft und wohl auch sehr erleichtert, dass sie mit ihrem Problem nicht allein war.

Cam erwähnte nicht, dass es unterschiedliche Stufen gab. Dass diese Leute Sensitive genannt wurden.

Oder dass sie zwar in der Lage seien, Junghexen aufzuzie-

hen und zu beschützen, aber selbst niemals zu Hexen oder Hexern werden konnten.
Oder dass ein Sensitiver zum Beschützer wurde, wenn er die Aufgabe übernahm, ein verwaistes Mitglied der Hexengemeinde großzuziehen.
Aufziehen und beschützen? Cam schüttelte sich innerlich. Unbewusst rieb sie ihre noch immer klammen Hände aneinander. Wie Dunststreifen schienen dabei Fetzen der Geschichte des Hexenjägers aufzusteigen.
Er hatte also schon vorher gewusst, dass das Auto vom Transporter fallen und den tödlichen Unfall verursachen würde. Wie Dave war er bei einer Konferenz über magisches Heilen einem Hexer begegnet, der wahrscheinlich dem höchsten Rang der Hexer angehörte. Und man hatte ihm schließlich eine Junghexe übergeben, die er aufziehen sollte. Er war also vom Sensitiven zum Beschützer geworden.
Aber was war dann passiert? Warum hatte er sich dann gegen alle Hexen und Hexer gewandt?
„Ich hab eine starke naturwissenschaftliche Begabung", erklärte Sukari gerade. „Mein Vater ist Arzt, meine Mutter Physikprofessorin. Was meinst du, was die sagen würden, wenn ich versuche, ihnen so etwas … Übernatürliches zu erklären … diese …"
„Gabe. Oder Talent", schlug Cam vor, als Sukari das richtige Wort nicht fand. Sie ließ sich auf das Ledersofa fallen und zog Sukari neben sich. „Okay, dann hör mir mal genau zu", begann sie und ließ die kalten Hände der Freundin

nicht los. Verständnisvoll versuchte sie ihr zu erklären, wobei sie einiges ausließ, welcher Vorteil es doch sein konnte, bestimmte Dinge einfach rechtzeitig zu wissen oder zumindest zu spüren … Vor allem, fügte Cam hinzu, wenn man Naturwissenschaftlerin werden wollte. Und sie erinnerte Suke an ein Poster, das im Physiklabor an der Wand hing: VORSTELLUNG IST WICHTIGER ALS WISSEN. Oder so ähnlich. Ein Zitat, das von Einstein stammte. Am Ende nickte Sukari. Offenbar kaufte sie Cam alles ab, was diese sagte. Dankbar drückte sie Cams Hände. „Ich war eigentlich schon immer so … intuitiv veranlagt", sagte sie. „Und mitfühlend. Mein Dad sagt immer, dass aus mir eine großartige Ärztin werden könnte." Dann schüttelte sie unvermittelt den Kopf und sprang auf. „Okay, sagen wir mal, dass ich deine Vermutung akzeptiere. Dass dieser sechste oder siebte Sinn irgendwie supercool ist. Dann hätte ich aber gern gewusst, warum die Sache Mr Spenser so stört?"
Was hatte Karsh ihr einmal erklärt? Wenn man mit dem Finger auf jemanden zeigt, werden drei andere Finger auf dich selber zeigen. Und Ileana hatte etwas Ähnliches gesagt: Behaupte nur, was du beweisen kannst.
Spenser musste etwas von sich selbst in Sukari gesehen oder gespürt haben. Etwas, was er offensichtlich nicht mochte.
Dasselbe traf auf den Hexenjäger zu, wie Cam nun klar wurde. Er hatte etwas erlebt, was ihn zutiefst verstört hatte. Etwas, was mit Hexen zu tun hatte. Mit der Junghexe, d
ihm der alte Hexenmeister Elfman anvertraut hatt
Und in diesem Augenblick fiel es ihr wie Schu

Augen und sie wusste es. Es war so offenkundig! So leicht! Der Geruch des Chemielabors, den sie überall gerochen hatten. Warum war sie nicht schon früher darauf gekommen? Alex hatte Recht gehabt. Mr Golem war nicht der Hexenjäger.

Cam konnte es kaum erwarten, nach oben in ihr Schlafzimmer zu laufen und ihrer Schwester zu erzählen, was sie im Keller der Schule erlebt und was sie jetzt endlich begriffen hatte.

Als sie Sukari zur Tür begleitete, fragte das Mädchen plötzlich: „Eine Frage noch, Cam. Warum passiert alles gerade jetzt? Warum bekomme ich erst jetzt plötzlich diese … diese Gefühle, die Vorahnungen und all das Zeug, erst in diesem Schuljahr?"

„Hast du mir nicht erzählt, dass du schon immer …?", wandte Cam ein.

„Das war nichts im Vergleich zu dem, was jetzt abgeht", gab Sukari zurück. „Also, warum erst jetzt? Das ergibt doch keinen Sinn, oder?"

Nein, es ergab keinen Sinn. Jedenfalls nicht, solange Suke nicht wie Cam ein ahnungsloser Zwilling war … wie Cam, die ihr Leben lang in einsamer Angst gelebt hatte, andere würden entdecken, dass sie irgendwie anders war … und die bei allen so ungemein beliebt war, dass sie sich dahinter wie hinter einer Maske verstecken konnte. Bis dann eines Tages ihre andere Hälfte aufgetaucht war und sie sich endlich als ein Ganzes fühlen konnte. Da hatte plötzlich alles Sinn ergeben. Und nicht nur das: Seit Alex' Ankunft wuch-

sen Cams magische Kräfte unaufhörlich. Sie hatte immer gewusst, dass sie solche Kräfte besaß, aber sie hatte sich gefürchtet sie einzusetzen. Höchstens mal, um einer Freundin zu helfen oder ein Fußballspiel zu gewinnen.
Nähe. Das war die Antwort. In der Nähe einer Person zu sein, die dieselben Gaben besaß, konnte einen Prozess auslösen, durch den eine neue Ebene der Kraft erreicht wurde. Das war mit ihr und Alex geschehen.
Und das passierte jetzt mit Sukari. Und der Grund war Mr Spenser.

Kapitel 14

DER GERUCH DES BÖSEN

„Alex!" Cam stürzte in ihr gemeinsames Schlafzimmer.

„Mann, fahr deinen Lärmpegel tausend Dezibel runter! Ich kann dich auch so hören!", brüllte Dylan, der Cams Kopfhörer trug. „Seit wann bist du zurück? Wo warst du überhaupt?"

„Spielt jetzt keine Rolle. Nimm sofort den Kopfhörer ab. Der gehört mir. Und wo ist Alex?"

„Wow! Heut gibt's wieder mal Zicken-Alarm", knurrte Dylan gereizt, nahm aber den Kopfhörer ab. „Sie sucht dich."

Cam zuckte zusammen. „Seit wann ist sie weg?", fragte sie besorgt.

Ihr Bruder fingerte nachlässig am Kopfhörer herum, legte den Kopf schief und starrte zur Decke, als müsse er sich sehr konzentrieren und als hoffte er, die Antwort an der Decke geschrieben zu finden. „Hm, lass mal sehen ... Hm. Wann war das noch mal ...?"

„Okay, du darfst den Kopfhörer weiter benutzen. Nimm ihn mit in dein Zimmer meinetwegen. Hör dir den Rap-

Stuss an, bis dir die Ohren abfallen, okay? Aber sag mir jetzt auf der Stelle: Wann ist Alex weggegangen?“

Dylan grinste glücklich und stand auf. „Vor zehn oder fünfzehn Minuten“, sagte er. „Kann ich auch ein paar CDs ausleihen?“

„Warum? Hast du noch ’ne Information zu verkaufen?“, knurrte Cam.

„Klaro. Und die Info ist mindestens drei Eminem-CDs wert“, sagte Dylan. „Jason war auch hier. Und er ist mit Alex gegangen.“

Sie musste ihn abhängen.

Jetzt fuhren sie schon zum dritten Mal um die Halbmondbucht – auf der Suche nach Cam. Jason steuerte den Wagen so, dass die Scheinwerfer immer wieder über den nebelverhangenen Strand glitten.

„Hab mich wohl geirrt“, sagte Alex noch einmal. „War ja nur eine Vermutung, Jason. Offensichtlich total daneben. Cam ist nicht hier. Wahrscheinlich ist sie jetzt schon zu Hause.“

Die Aufgabe, Jason loszuwerden, war schwieriger, als frischen Kaugummi von der Schuhsohle zu kratzen. Schon zu Hause hatte Alex zwei Fehler gemacht: Erstens hatte sie ihm gesagt, dass sie gleich weggehen wolle, und zweitens auch noch vermutet (nur um ihn leichter loszuwerden), dass Cam vielleicht zur Halbmondbucht gegangen war. Und was hatte dieser schlaksige Typ getan? Er hatte ihr angeboten, sie überallhin zu fahren, wenn sie ihn zuerst zur Bucht begleitete.

Okay, also hatte sie gezwungenermaßen eingewilligt und nun musste sie ihn irgendwie loswerden, damit sie all den lästigen Pflichten nachkommen konnte, die sie sich für heute Abend vorgenommen hatte. Sie musste ganz sicher sein, dass er wirklich verschwand. Denn sie musste Cam finden, so schnell wie möglich. Und an welchem Ort würde sie damit anfangen, sobald sie den zukünftigen Basketball-Weltstar abgeschüttelt hatte? Nun, natürlich in Golems unterirdischem Bunker. Schließlich war Cam immer noch voll überzeugt, dass er der Hexenjäger war.

„Wahrscheinlich hast du Recht", gab Jason schließlich nach. Er steuerte den Wagen auf eine der kurvenreichen Kopfsteinpflasterstraßen, die vom Strand zur Landstraße führten. „Okay, dann fahren wir eben wieder zurück."

„Du", verbesserte ihn Alex. „Ich muss noch schnell zur Schule …"

„Jetzt?", fragte Jason erstaunt. „Weißt du schon, wie man die Uhr liest? Die Schule ist längst verschlossen."

„Mit der Uhr hatte ich schon immer Probleme", fauchte Alex und verschränkte die Arme. Sie kochte innerlich wegen ihrer eigenen Dummheit.

Sie fuhren langsam die schmale Straße entlang, die von der Bucht wegführte. Leichter Sommernebel hing zwischen den Hecken. Plötzlich stieß etwas dumpf gegen die Kühlerhaube. Jasons Fuß schnellte auf die Bremse. „Was zum …", murmelte er.

Gute Frage, dachte Alex. *Was zum …?* passt genau.
Jason war gegen das Lenkrad geprallt. Er war nicht verletzt, aber ziemlich geschockt.
Alex öffnete die Tür und sprang aus dem Wagen, um nachzuschauen, was genau passiert war. Im Licht der Scheinwerfer entdeckte sie einen pelzigen schwarzen Gegenstand, eine große Tasche oder eine Decke, die direkt vor dem Wagen auf der Straße lag. Das Ding erinnerte Alex an die Verkleidung, die der Hexenjäger bei der Premiere getragen hatte.
Sie kniete nieder, um es genauer zu untersuchen.
Es war Samt. Dunkel, aber nicht schwarz.
Der Stoff war von einem dunklen Violett. Nicht das zarte, weiche Violett von Saras Lieblingsblume, dem Veilchen, dachte Alex, sondern eine tiefere Schattierung, wie etwa beim Valerian in Ileanas Kräutergarten, der als Schlafkraut diente, oder bei den noch dunkler gefärbten Beeren der tödlich giftigen Tollkirsche.
Violett. Die Farbe von Sersees Augen, wie Alex sich erinnerte.
Mit einer schrecklichen Vorahnung hob sie den Stoff an – und wusste, noch bevor sie es entfaltete, dass es ein Cape war.
Samt. Violett. Wie Sersees Cape.
Sie spürte, wie es ihr eiskalt über den Rücken lief. Alex erstarrte, stand wie gelähmt. Dann hörte sie ein hell klingendes Geräusch, wie eisiges Lachen.
Sie wirbelte herum. Aber die bösartige junge Hexe war

nicht zu sehen. Nur Nebel und ein unheimliches, in der dunklen, engen Straße verklingendes Echo.

Niemand hatte gelacht, versuchte sich Alex selbst zu beruhigen. Wahrscheinlich hatte sie irgendein Glockenspiel gehört. Bei manchen der kleinen Ferienhäuschen in der Bucht hing ein Windglockenspiel über der Eingangstür.

Alex schauderte. Sie hob das Cape auf und schleuderte es in die Dunkelheit. Eine plötzliche Brise packte den Stoff und wirbelte ihn hoch über die Straße, dass er wie eine geisterhafte Gestalt wirkte. Dann blieb er zwischen den Büschen am Straßenrand hängen.

„Was war das? Haben wir irgendetwas angefahren?", wollte Jason wissen, als Alex wieder einstieg.

„Nein, nichts. Ein … ein alter Mülltonnendeckel. Muss vor uns über die Straße gerollt sein. Jase, fahr jetzt nach Hause, okay? Setz mich an der Allen Street ab und dann fahr bitte nach Hause."

„Aber was ist mit Cam?", fragte er.

Verblüffend, wie gut sie in letzter Zeit gelernt hatte zu lügen. „Ich hab sie gerade angerufen", log sie leichthin und es kümmerte sie nicht im Geringsten, dass sie überhaupt kein Handy besaß. „Sie ist bei dir zu Hause. Äh, ich meine, sie ist auf dem Weg. Wahrscheinlich triffst du sie dort."

„Und du kommst allein zurecht?", fragte er besorgt, als sie ein paar Minuten später aus dem Auto sprang.

„Absolut", sagte sie. Schon wieder eine dieser aalglatten Lügen.

Sie hätte notfalls auch einen Stein durch eines der Oberfenster der Turnhalle geworfen oder das Glas der Eingangstür zerschmettert. Aber das war gar nicht nötig. Die Hintertür, die ins Sportzentrum führte, stand weit offen.
Und auf dem Parkplatz standen Autos. Fast ein Dutzend.
Fand heute etwa eine Lehrerkonferenz statt?
Was auch immer, dachte Alex, jedenfalls hatte sie endlich mal ein bisschen Glück. Sie und Cam hatten das schwer nötig.
Sie schlüpfte geräuschlos in die Turnhalle, durchquerte sie und raste den Korridor entlang. Sie vertraute auf ihren superscharfen Geruchssinn, mit dem sie den kaum noch wahrnehmbaren Duftspuren von Camryns Apfelshampoo folgte. Wie sie schon vermutet hatte, führte die Spur zu der Feuerschutztür am Eingang der Kellertreppe. Und von dort wahrscheinlich direkt in Golems Welt.
Sollte sie die Treppe hinunterlaufen und nach Cam suchen oder sollte sie erst mal ein ganz bestimmtes Zimmer inspizieren? Ihr brandneuer, hochempfindlicher Sucherinstinkt sagte ihr nämlich, dass sie dort die eigentliche Höhle des Hexenjägers finden würde.
Sie brauchte sich nicht zu entscheiden. Ein neuer Geruch, vertraut und Furcht einflößend, drängte sich ihr auf. Eine abstoßende, beißende Geruchsmischung: Jod, Knoblauch, Schwefel, Waschbenzin … und alles vermischt mit dem Gestank angebrannter Milch.
Alex wandte sich von der Feuerschutztür ab und folgte dem neuen Geruch – und ihrer Eingebung. Beide führten sie,

wie sie vermutet hatte, den menschenleeren Flur entlang und an den Schließfächern der Oberstufe vorbei. Direkt zur Tür von Mr Spensers Chemielabor.

Kapitel 15

VERSAMMLUNG DER HEXENJÄGER

Durch die Milchglasscheibe in der Tür konnte Alex nur dunkle Gestalten ausmachen: einige Leute, die in der Nähe der Tafel beieinander standen. Leise und vorsichtig schob sie die Tür einen kleinen Spalt weit auf.

Sie hätte sie ebenso gut mit einem Karatekick eintreten können. Die Türangeln schienen seit hundert Jahren nicht mehr geölt worden zu sein. Sie quietschten derart erbärmlich, dass alle Anwesenden herumfuhren. Dann wurde die Tür von innen vollends aufgerissen. Und Alex stand dem Hexenjäger gegenüber.

In zehnfacher Ausgabe.

Die Hölle brach los, als die kleine Armee von schwarz gekleideten Gestalten ihrer ansichtig wurde. Einige zerrten hektisch die Kapuzen übers Gesicht. Die Übrigen starrten sie unverhohlen drohend und feindselig an.

Mr Spenser schüttelte seine Kapuze ab, stellte sich vor die Tafel und wandte sich Alex zu. „Ich muss schon sagen:

Welch eine Überraschung!", verkündete er in höhnischem Tonfall. „Aber eigentlich kann mich bei dir und deinesgleichen nichts mehr wirklich überraschen. Treten Sie doch bitte näher, Miss Fielding!" Spöttisch winkte er sie näher. Sie sah, dass er ein Stück Kreide in der Hand hielt.

An der Tafel hinter ihm las Alex ihren eigenen Namen. Daneben standen Cams und … Sukaris Namen. Alle drei Namen waren eingekreist. Wie Schnüre an Luftballons führten Kreidelinien nach unten zu einem einzigen Wort: Hexen!

„Sukari? Ist ja zum Totlachen", platzte Alex heraus. „Ich kenne Sukari Woodward. Wenn die eine Hexe ist, fress ich meinen Besen."

„Bringt sie her!", befahl Spenser knapp mit eisiger Stimme. Zwei der Männer packten Alex an den Armen und zerrten sie vor Spenser. Ein dritter Typ stieß sie vorwärts. Spenser streifte hastig ein Paar sterilisierte Handschuhe über, bevor er Alex berührte. Seine große, knochige Hand fühlte sich kalt an, als er sie um ihren Nacken legte und zudrückte.

„Mit dieser Brut haben wir es zu tun!", verkündete er. „Dieses unschuldig aussehende Mädchen …"

Alex konnte sich nicht erinnern, jemals im Leben als „unschuldig" bezeichnet worden zu sein. Sie hätte beinahe einen Lachanfall bekommen. Nur bohrten sich seine Finger so tief in ihren Nacken, dass sich heftige Schmerzen ausbreiteten. Nein, die Sache war nicht zum Lachen. Sie schüttelte den Kopf, aber sein Griff wurde noch fester. Ihre Wut nahm schneller zu als ihre Angst.

„… ganze vierzehn Jahre alt …“
„Fünfzehn“, stieß Alex hervor. „Sechzehn im Oktober. An Halloween, um genau zu sein. Wollt ihr Typen nicht zu meiner Party kommen? Die richtigen Klamotten habt ihr ja schon.“
Einer der Männer, die Alex’ Arme hielten, fauchte wütend: „Den Tag wirst du nicht mehr erleben!“ Ein anderer schrie: „Halt’s Maul, Junghexe!“
„Junghexe?“ Alex konnte es nicht lassen, sie weiter zu provozieren. „Wo kommt ihr Typen denn her, vom Harry-Potter-TV?“
„Schweig!“, donnerte Spenser. „Die verhexten Mädchen von Salem waren auch noch Kinder. Und meine eigene Adoptivtochter!“
Seine Tochter? Das war neu. Sie hatte noch nie einen Gedanken daran verschwendet, dass Spenser auch eigene Kinder haben konnte. Und warum sollte sie? Sie hatte ja nicht einmal einen Gedanken an Spenser selbst verschwendet, bis Sukari wegen ihm fast durchdrehte.
Kein Wunder, dass Suke ausgeflippt war. Dieser Wirrkopf glaubte allen Ernstes, dass sie eine Hexe sei.
Alex versuchte über die Schulter nach hinten zu blicken, aber Spensers Hand lag wie eine Eisenklammer um ihren Nacken und sorgte dafür, dass sie nur geradeaus schauen konnte. Sie musste unbedingt seinen Gesichtsausdruck sehen, wenn sie herausfinden wollte, ob er in ihre Gedanken hineinhören konnte und gehört hatte, dass sie ihn für einen Wirrkopf hielt.

Interessant, dachte sie, so laut sie nur denken konnte. Er kann keine Gedanken lesen. Der Typ hat keinerlei magische Kraft. Unter den blöden Karnevalsklamotten und der irren Kapuze versteckt sich ein ganz normaler Mensch … Nein, *normal* ist nicht richtig – der gehört in eine Klapsmühle.

Immer noch keine Reaktion. Wenn er diese Gedanken nicht verstanden hatte, die sie fast in der Lautstärke einer Bahnhofsdurchsage hinausgedacht hatte, dann konnte er wirklich keine Gedanken hören. Das beruhigte sie. Aber es änderte nichts daran, dass sein eisenharter Griff verdammt schmerzhaft war. Vielleicht half es, wenn sie ihn ein wenig ablenkte.

„Ich hätte da mal eine Frage", begann sie, als säße sie in seiner Chemiestunde und wolle sich eine Formel noch mal erklären lassen, die er gerade an die Tafel geschrieben hatte. „Was haben Sie nur gegen Hexen? Warum hassen sie sie so sehr? Und warum jagen Sie uns gerade *jetzt*?"

Im Raum entstand wildes Gebrüll. „Hexen sind der Abschaum des Teufels!", schrie jemand. „Sie verführen die Unschuldigen!", rief ein anderer Halloween-Fanatiker. „Sie fressen Kinder!"

„Also, in der Cafeteria gibt's manchmal ziemlich merkwürdige Sachen zu essen", grinste Alex, „aber Kinder? Das würde ich dann doch nicht behaupten wollen."

„Das ist kein Spaß!", donnerte Spenser. Sein Griff hatte sich ein wenig gelockert und Alex schaffte es, den Kopf so weit zu drehen, dass sie ihn aus den Augenwinkeln sehen konnte. Seine Augen waren schmal geworden. Er starrte sie an wie einen Frosch, den er gleich sezieren wollte. Was Alex nicht sonderlich beruhigte.

Seine Bande brüllte weiter wild durcheinander. Sie übertrafen sich mit Klagen über Hexen und Hexer und Alex versuchte, sich einen Reim auf das zu machen, was sie hörte. Okay, dachte sie, Mr Spenser hat also eine Adoptivtochter. Sie ist – oder war – eine Hexe. Wie wir, wie Cam und ich. Aber musste man nicht ein Sensitiver sein, um eine Junghexe adoptieren zu dürfen?

Also das war es, dachte sie. Mr Spenser ist einer dieser Sensitiven. Nur deshalb hatte er die besondere … Vibration spüren können, die Hexen ausstrahlten. Er wusste wahrscheinlich nicht mit Sicherheit, dass sie Hexen waren. Er vermutete es nur.

Und was war mit dieser Tochter, die er erwähnt hatte? Hatte er ihr irgendwelchen Schaden zugefügt? Sie umgebracht? Hasste der Mann alle Hexen so sehr, dass er sogar die Junghexe vernichtet hatte, die ihm anvertraut worden war?

Falsch, Artemis, alles total daneben, tut mir Leid, hörte sie eine telepathische Stimme, die vor Spott triefte und die sie sofort wiedererkannte. *Nicht er hat mich vernichtet. Sondern ich ihn.*

Alex lief ein Schauder über den Rücken. „Sersee?“, fragte sie vorsichtig.

Der Raum schien plötzlich kühl zu werden. Es war, als fegte etwas Eiskaltes, Unsichtbares durch das Labor. Die Umhänge der Hexenjäger bauschten sich und ihre Haare wehten. Auf Alex' Armen bildete sich eine Gänsehaut. Sie blickte sich um, so gut sie konnte – aber es war nichts zu sehen. Die schwarz gekleidete Bande konnte ebenfalls nichts sehen. Sie blickten Spenser nur verwirrt und entsetzt an.

Spenser riss Alex brutal zu sich herum und starrte sie durchdringend an. „Woher kennst du diesen Namen?", wollte er barsch wissen.

Wo war bloß die schnelle, scharfe, schlagfertige Zunge geblieben, auf die sie immer so stolz gewesen war?, dachte Alex hilflos. Okay, der Typ konnte ihre Gedanken nicht lesen. Er konnte sie noch so hart anstarren, er würde doch nie und nimmer ihr Haar mit seinem Blick versengen können. Wahrscheinlich konnte er nicht einmal einen Zauberspruch von einem Bann unterscheiden. Aber das sagte nichts aus über seinen Geisteszustand. Und den seiner Hexenjägerbande. Die Typen waren vielleicht total verrückt, möglicherweise aber gerade deshalb besonders gefährlich.

„Sersee. Du hast ‚Sersee' gesagt, stimmt's?", brüllte Spenser.

„Ja, das hat sie. Ich hab's genau gehört", schrie eine der schwarzen Gestalten und deutete mit dem Finger auf Alex.

Sersee, der abscheuliche kleine Dämon, der Alex und Cam auf der Insel Coventry gefangen genommen hatte – Sersee, Spensers Tochter? Alex' Knie wurden weich.

„Antworte!", schrie der Hexenjäger aufgebracht und schüttelte sie wie einen nassen Mantel.

„Ja, antworte oder stirb!", brüllte einer der Bande und warf

seine Kapuze zurück. Er war klein, dick und kahl. Mit einer schnellen Bewegung zog er ein Messer aus einer Lederscheide an seinem Gürtel.
„Das kann doch wohl nicht Ihr Ernst sein!“, schrie Alex den kriegerischen Fetten an.
„Wenn *er* Witze macht, dann meine *ich* es jedenfalls ernst!“, brüllte ein anderer, der ebenfalls ein Messer gezogen hatte.
Nein, lasst das. Der Befehl kam direkt vom Chef der Bande, aber Spenser hatte ihn nur gedacht, nicht laut gesagt. Und danach schienen sich Spensers Gedanken plötzlich zu überstürzen: *Das geht jetzt aber zu weit. Wir wollen die Hexen nur auffliegen lassen, nicht hinrichten. Die Burschen verstehen nicht, dass wir nicht wie die Hexen werden dürfen.*
Na, dann mach ihnen das doch klar!, schickte Alex eine verzweifelte Denkmail an Spenser. *Sag's laut, jetzt sofort!*
Aber natürlich funktionierte es nicht. Spenser konnte keine telepathischen Gedanken empfangen. Er war kein Hexer. Aber Sersee war eine Hexe. Und Alex wusste, dass Sersee ihre Gedanken gehört hatte. Sersee war *hier*, in diesem Raum, und bog sich wahrscheinlich vor Lachen.
„Woher kennst du meine Tochter?“, wiederholte Spenser und schüttelte sie noch einmal heftig.
„Fragen Sie sie doch!“, schrie Alex zurück. „Sie ist hier.“
Spenser verlor allmählich den letzten Rest seines Verstands, dachte Alex. Sehr viel war ohnehin nicht mehr übrig gewesen. Aber Alex war sicher, dass seine teure Tochter hier war. Irgendwo im Labor versteckt. Sie machte sich auf jeden Fall bemerkbar, nur ließ sie sich nicht sehen.

Alex dachte an das abscheuliche Lachen und an den Umhang, den sie vor Jasons Auto auf der Straße gefunden hatte. Den kühlen Wind, der vor ein paar Minuten durch das Labor gefegt war. Und vor allem wusste sie, dass sie sich die Stimme nicht eingebildet hatte, die sie gerade eben gehört hatte: *Nicht er hat mich vernichtet. Sondern ich ihn.*

„Antworte endlich, Hexe! Woher kennst du meine verlorene Tochter?" Spenser schüttelte sie so heftig, dass sie beinahe eine Gehirnerschütterung bekam. Trotzdem gelang es ihr, sich auf das metallische Glitzern der beiden Messer zu konzentrieren, die aggressiv auf sie gerichtet waren. Wo blieb eigentlich ihre Schwester, die Waffen zum Schmelzen bringen konnte? Nie war sie da, wenn man sie am dringendsten brauchte!

Die Frage rief bei der unsichtbaren Möchtegernhexe ein bösartiges Lachen hervor.

Möchtegernhexe?, brüllte Sersee wütend und unhörbar.

Möchtegernhexe. Zicke. Biest. Kannst dir's aussuchen, gab Alex zurück, die Sersee so lange reizen wollte, bis sie aus der Deckung kam. *Du passt super zu diesem jämmerlichen Idioten, der sich Hexenjäger nennt.*

Eines der großen Gläser auf den Regalen explodierte. Spenser hatte darin irgendeinen namenlosen Organismus aufbewahrt, der wie ein riesiger, halb aufgelöster Knoblauchknollen aussah und in einer grünlichen, gallertartigen Masse schwamm. Es erschien Alex ziemlich passend, dass Sersee aus diesem ekelhaften Schleim auftauchte – wie ein Experiment, das total schief gelaufen war.

„Bringt sie um!", kreischte die Hexe wütend. „Ihr Waschlappen! Ihr wollt Hexenjäger sein?"
Spenser sprang zwischen Alex und seine Bande. „Nein!", donnerte er. „Das gehört nicht zu unserem Plan! Und wir haben auch kein Recht dazu!"
„Recht ist schlecht!", fauchte Sersee. „Das war schon immer dein Problem – dass du keinen Mumm in den Knochen hast! Immer nur das Richtige tun, nie das Falsche. Das Gute, nicht das Böse. Na, jetzt hast du endlich die Wahrheit über mich herausgefunden, stimmt's? *Ich* war dein Problem – *ich* war die Falsche, die Böse! Und du, heiß geliebter Papa, warst immer der Richtige, der Gute!"
Die verkleideten Männer waren vor Spenser zurückgewichen und zitterten förmlich vor Angst vor Sersee, die wütend und mit wehendem Umgang vor ihnen auf und ab stolzierte. Ihr langes schwarzes Haar wirbelte bei jeder Umdrehung durch die Luft.
„Aber alles war nur Illusion!", tobte Sersee weiter. Sie blieb stehen und starrte Spenser hasserfüllt an. „Du warst weder gut noch hattest du Recht! Du hast tatsächlich geglaubt, dass ich meine Eltern umgebracht hätte. Das hast du zwar nie laut gesagt und mir gegenüber nie zugegeben. Du armseliger Wicht! Ich konnte deine Gedanken schon hören, als ich gerade erst zwei geworden war! Und schon damals merkte ich auch, wie du mich immer angeschaut hast – als sei ich eine sehr gefährliche Bestie und nicht ein armseliges, verlassenes Kind."
Spensers Hände zitterten heftig. Alex sah, dass alle Farbe

aus seinem Gesicht gewichen war. Er fuhr plötzlich herum, sodass er Sersee in die Augen blickte. Seine Lippen bewegten sich, aber kein Wort kam heraus. Seine Hilflosigkeit jagte Alex Angst ein, mehr Angst, als sie vor Sersee oder der Hexenjägerbande empfand.

Sie fragte sich, ob Sersee Spenser verhext hatte. Oder ob er gleich einen Schlaganfall bekommen würde. Er sah jedenfalls krank genug aus.

Auch die anderen Hexenjäger bemerkten es. Sie murmelten untereinander und deuteten auf ihn. Ihr Geschwätz klang wie eine kleine Schimpansenherde.

„Du hättest mich schützen sollen, das war dein Auftrag!“, fuhr Sersee schrill fort. „Aber stattdessen hast du Angst vor mir bekommen. Deine Angst, dein Entsetzen haben mir mehr über mich gesagt als deine falschen Lobeshymnen!“

Mr Spenser schien allmählich in sich zusammenzufallen, aber wenigstens hatte er seine Stimme wieder gefunden. Er lehnte sich zitternd gegen einen der Schränke. „Bist du deshalb verschwunden?“, fragte er erschüttert.

„Weshalb denn sonst?“, gab sie kalt zurück.

„Wenn du meine Gedanken lesen konntest“, fragte Spenser leise, „warum hast du dann nicht erkannt, dass ich dich trotz aller Angst wie meine eigene Tochter liebte? Kannst du mir denn nicht verzeihen?“

„Kürzeste Antwort der Welt“, verkündete die wütende Sersee, „NEIN! Aber ich hab keine Lust, noch mehr Zeit an dich zu vergeuden. Verschwinde! Auf der Stelle!“ Sie stampfte mit dem Fuß auf. „Und misch dich nie mehr in

Dinge ein, die mit Hexen zu tun haben! Halte dich absolut fern von uns! Wage es nie mehr, uns zu verraten!"

Spenser riss sich mühsam zusammen. Gebeugt und mit hängendem Kopf schlich er aus der Tür. Seine Bande schrie hinter ihm her, verfluchte ihn, dieses Durcheinander angerichtet zu haben und sie nun im Stich zu lassen.

Sersee wirbelte plötzlich herum und ihre Hände schossen vor wie die Krallen eines Raubvogels. „Ruhe!", schrie sie schrill die murrenden Hexenjäger an. „Sonst verwandle ich euch alle in Tiere!"

Sie wichen angstvoll vor ihr zurück.

„Ihr Feiglinge, ihr fiesen Würmer! Ihr versteckt euch unter euren Umhängen! Mehr könnt ihr nicht! In was soll ich euch verwandeln?", fragte sie den armseligen Haufen verschüchterter Hexenjäger. „Ratten sind zu mutig, Schlangen zu klug, Katzen zu unabhängig … und ihr seid doch nur schwaches, blödes Gesindel, das einem Idioten hinterherrennt. Alleine seid ihr nichts, ihr seid nur mutig, wenn ihr in der Überzahl seid."

Einer der Männer war vor Furcht in die Knie gegangen. Ein anderer wollte ihm aufhelfen, bat aber zuerst Sersee mit einem Blick um Erlaubnis und überlegte es sich dann noch einmal. „Sag uns", bettelte einer, „was wir für dich tun können … Wir hassen Hexen ja nicht … Sondern nur bestimmte Arten von … Hexen oder Hexern."

„Oh?", fragte Sersee sarkastisch und stupste den entsetzten Hexenjäger mit spitzem Finger in die Brust. „Welche Art meinst du denn?"

„Na, nur die bösen …“, ergänzte ein anderer Mann mit zitternder Stimme.
„Die *bösen* Hexer und Hexen? Was weißt du schon, was böse ist?!“, schrie Sersee. Ihr Blick zuckte durch den Raum, als suche sie nach einem Beispiel für das Böse. Schließlich fiel ihr Blick auf Alex und ihre Augen verengten sich abschätzig.
Alex wich zurück, bis sie mit dem Rücken an die Tafel stieß. Verzweifelt versuchte sie, ihre Gedanken zu ordnen, ihre Angst vor der wild gewordenen Hexe unter Kontrolle zu bringen.
„Ich hab’s!“, rief Sersee triumphierend und Schadenfreude trat in ihre Augen. „Ihr wollt doch nur die Bösen quälen? Wie wär’s mit etwas richtig Bösem?“, forderte sie die wie versteinert dastehenden Hexenjäger heraus. „Okay, ich hätte genau das Richtige für euch …“

Kapitel 16

SERSEES RACHE

Die Hexenjäger stürzten so schnell aus dem Labor, dass sie fast übereinander fielen. Eifrig rannten sie hinter Sersee her, die mit wehendem Cape und brüllend vor Lachen bereits verschwunden war.

Einen Augenblick später stürzte Cam herein, blass wie eine Leiche. „Ist dir was passiert? Oh mein Gott, Alex. Du hast ja keine Ahnung, welche Sorgen ich mir gemacht habe! Ich hab sie gesehen ... Aber ich hab meinen Augen nicht getraut! Jedenfalls dachte ich, dass ich ... sie gesehen hätte!"

„Deine Augen sind völlig in Ordnung, Cami." Alex ließ ausnahmsweise nicht nur Cams fieberhafte Umarmung über sich ergehen, sondern drückte sie auch selbst an sich. „Sie war tatsächlich hier – Sersee! Spenser ist ihr Beschützer oder jedenfalls war er es mal."

Cam war wie am Boden zerstört. „Sersee, hier? Spenser und Sersee haben was miteinander zu tun?! Das kannst du mir nicht weismachen!"

„Spenser war der Hexenjäger", fuhr Alex fort.

„Das hab ich mir schon gedacht. Sukari hat mich besucht. Alex, er glaubt, dass sie eine Hexe ist!“ Cam brach abrupt ab und trat einen Schritt zurück. „Hast du eben gesagt, er *war* der Hexenjäger?“ Der kleine grammatikalische Unterschied wurde ihr erst jetzt bewusst.

„Spenser – ja, er *war* der Hexenjäger. Vollkommene Vergangenheit. Sersee hat ihn eben fristlos gefeuert. Er machte am Schluss eine ziemlich armselige Figur …“

„Nicht halb so armselig wie dieser Mob von Halbirren, die gerade hier rausliefen, als ich kam.“ Sie überlegte kurz. „Wohin führt Sersee die Bande? Was haben diese Typen überhaupt hier zu suchen? Hat Spenser einen Hexenjägerwettbewerb veranstaltet, oder was?“

„Spenser hat eine Gruppe von Hexenhassern versammelt. Und Sersee hetzt jetzt die ganze Bande auf irgendeinen armen Menschen, den sie für wirklich echt böse hält.“ Alex schüttelte den Kopf. „Kannst du dir vorstellen, wie böse jemand sein muss, damit ihn selbst Sersee für böse hält? Äh … Was hast du vorher gesagt?“ Auch Alex war heute offenbar schwer von Begriff. „Dass du selber herausgefunden hast, dass Spenser der Hexenjäger war?“

„Ja, hab ich“, bestätigte Cam. „Komm, wir hauen ab.“

„Okay, Prinzessin“, grinste Alex, legte ihrer Schwester einen Arm um die Schultern und schob sie zur Tür. „Ich glaube, du wirst mir mal ein paar Sachen erklären müssen …“

Ileana war echt beeindruckt. Nicht von der Stahl-Glas-Architektur der Firma CompUMag in Massachusetts, auch nicht von den sorgfältig gestutzten Hecken und Bäumen, die das Gebäude umgaben, oder vom Rasen, der offenbar mit einer Nagelschere getrimmt wurde, und nicht einmal von der peinlich sauber gepflasterten und gefegten Auffahrt, die in großem Bogen zum Haupteingang führte. Nein – sie war beeindruckt, dass sie und Miranda es gemeinsam geschafft hatten, sich mit einem Zauberspruch hierher zu transferieren.

Sie hatten den Lokator-Zauberspruch eingesetzt, um herauszufinden, wo sich Thantos im Moment aufhielt. Das war der leichte Teil der Übung gewesen. Eigentlich nur was für Anfänger. Und danach hatten sie tatsächlich wie Anfänger nebeneinander auf der Insel Coventry am Seeufer gestanden, hatten über das Wasser sehnsüchtig auf das Festland gestarrt und überlegt, wann wohl die nächste Fähre hinüberfahren würde. Miranda hatte eine Weile Ileanas Gedanken zugehört; schließlich hatte sie gesagt: „Also gut. Fangen wir an."

Okay – sie hatten dreimal anfangen müssen. Der „Reisende" war ein sehr schwieriger Zauberspruch. Zwei Versuche waren voll danebengegangen. Wer weiß, wo die Maus gelandet war, die es beim ersten Versuch erwischt hatte. Aber beim dritten Anlauf hatte es endlich geklappt. Die richtigen Kräuter. Die richtigen Kristalle. Sie hatten dieses Mal den „Reisenden" sogar völlig fehlerfrei zitiert. Und was noch wichtiger war: Sie hatten dabei das Richtige gedacht. Denn der Zauberspruch funktionierte erst, nachdem sie sich von ihrer Wut, ihren selbstsüchtigen Motiven und ihren Rachegelüsten verabschiedet hatten.

Dass sie hier gelandet waren, war der eindeutige Beweis dafür, dass es geklappt hatte. *Hexen-Mission Possible.* Sie starrten durch die makellos sauberen Glastüren, die ins Hauptquartier des gerissenen, schurkischen Oberhexers Thantos führten.

„Herzukommen war der leichtere Teil", erinnerte Miranda die junge Hexe. „Aber jetzt müssen wir Karshs Buch finden. Das heißt, wenn diese grauenhafte kleine Hexe uns wirklich nicht belogen hat und sie das Buch wirklich Thantos übergeben hat."

„Sie war so sehr vor den Kopf gestoßen, dass sie bestimmt nicht gelogen hat", meinte Ileana. „Du musst dir das nur mal vorstellen: Sie gab ihm das Buch in der Hoffnung, dass er sie aufnehmen, dass er ihre magischen Kräfte erst richtig aufbauen würde. Und dass er sie in seine Geheimnisse als Oberhexer einweihen würde. Und was macht der gerissene Gauner stattdessen? Nimmt ihr Geschenk an und verwandelt sie zum Dank in eine Salzsäule."

„Ich dachte, dass ich vielleicht zuerst …", begann Miranda. Aber Ileana schnitt ihr kurzerhand das Wort ab. „Hey, ich weiß, was du gerade denkst, aber dafür haben wir jetzt wirklich keine Zeit."

„Aber es ist gar nicht weit von hier …"

„Erst das Buch, dann deine Babys, okay? Wir werden später noch genug Zeit haben, Cam und Alex zu besuchen.

Verdammt noch mal, Miranda, konzentriere dich mal zur Abwechslung auf das, was wirklich wichtig ist."
Sie betraten die große Eingangshalle. Ihre Sandalen klapperten über den makellos polierten Marmorboden. Ein kräftig gebauter Mann in tadellosem dunkelblauem Anzug trat ihnen in den Weg. Ein Sicherheitsausweis hing an einer silbernen Kette um seinen Hals und von einem Ohrstöpsel hing ein dünnes Kabel, das in seinem Hemdkragen verschwand. Er forderte sie höflich auf sich auszuweisen.
„Ich bin Mr DuBaers Schwägerin", sagte Miranda und lächelte höflich.
„Und ich bin seine Tochter", ergänzte Ileana widerwillig.
„Na super", sagte der Sicherheitsmann ungerührt. „Und ich sein verlorener Sohn." Er schüttelte den Kopf. „Ohne Ausweis kommt niemand hier rein. Kapiert, ihr beiden Hübschen?"
„Verlorener Sohn?", fauchte Ileana. „Dann wird's Ihnen wohl nichts ausmachen, noch ein bisschen länger verloren zu bleiben." Sie tastete nach einem Stück Eisenpyrit in der Ledertasche, die an ihrem Gürtel hing. Pyrit wurde für magische Täuschung verwendet und man konnte damit Dinge verschwinden lassen. Oder sollte sie lieber den Tektit nehmen, der Energie aufsog wie ein kleiner Staubsauger, der auf höchster Stufe lief?
„Ach bitte, lass mich mal." Miranda legte ihre kühle Hand beruhigend auf Ileanas Arm. Die ältere Hexe blickte unverwandt in die kleinen Augen des großen dicken Mannes. Seine Augen begannen zu tränen. Aus ihrem langen Kleid

holte Miranda eine Hand voll Kräuter, öffnete die Hand direkt unter seiner fleischigen Nase und ließ ihn eine Weile verblüfft und benommen auf die grünen Flocken und Blattspitzen starren.

„Gemeinsam?“, fragte Miranda, ohne den Blick von ihm abzuwenden.

„Klar. Wünsch dir was“, lachte Ileana. Gemeinsam bliesen sie dem Mann die Kräuter ins Gesicht. „Mach’s gut, Dicker!“ Miranda ließ kurz die Finger vor seinen Augen flattern.

„Schlaf schön“, säuselte Ileana und ließ den Pyrit wieder in ihren Beutel gleiten. Im selben Augenblick schlug der Mann so schwer auf dem Marmorboden auf, dass die Halle zu beben schien.

Zwei Stockwerke darüber spürte Thantos die Erschütterung.

Er saß an seinem hochglanzpolierten Mahagoni-Schreibtisch und blätterte in Karshs Aufzeichnungen. Absolut wertloses Zeug, ein völlig sinnloser Versuch, Thantos zu entmachten und Schicksal und Vermögen der ganzen Dynastie in die Hände der DuBaer-Frauen zu legen.

Mit wachsender Wut hatte er den Abschnitt gelesen, in dem Karsh schilderte, wie Thantos als Junge seinen Vater Nathaniel ständig gedrängt hatte, die Höhlen von Coventry auszukundschaften. Die Höhlen, in denen man dann seinen Vater hinterrücks angegriffen und ermordet hatte.

Ermordet, wie Karsh behauptete, von einem der schurkischen und geistesverwirrten Hexer, die dort im Untergrund hausten und lauerten.
Wirklich schade, dass niemand außer Karsh und dem Mörder die Sache bezeugen konnte. Letzterer war nicht nur verrückt gewesen, sondern auch längst tot. Dafür hatte Thantos schon vor Jahren höchstpersönlich gesorgt. Und der alte Hexer Karsh war nun ebenfalls tot. Dafür hatten Thantos' reizende Neffen, die Söhne seines halbirren Bruders Fredo, gesorgt.
Das alles waren natürlich *äußerst* bedauerliche Umstände, grinste Thantos in sich hinein. Aber man konnte da nichts mehr machen. Das Schicksal spielte ja wirklich manchmal ganz, ganz schlimme Streiche.
Nur diese beiden Männer hatten den letzten Wunsch Nathaniels gehört. Die Worte, welche das Vermögen der DuBaer-Dynastie ihren rechtmäßigen Erben entreißen sollten. Denn natürlich konnten nur Nathaniels eigene Söhne die rechtmäßigen Erben sein – Aron, Fredo, Thantos – und von denen war der eine tot und der andere plemplem. Zwar bedauerlich, aber wahr: Nur noch einer von ihnen hatte das Hirn und die Fähigkeit, das Erbe zu beanspruchen: Thantos.
Karsh behauptete in seinem Buch, Nathaniel habe die Familie und ihr gesamtes Vermögen in die Hände seiner Enkelinnen gelegt. Von Stund an würden nur noch Frauen im Clan herrschen. Denn auf Frauen hatte der Antayus-Fluch keine Wirkung.

Nathaniel hatte auf diese Weise allerdings Thantos' eigene Tochter Ileana von der Erbfolge ausgeklammert, denn ihre vor langer Zeit verstorbene Mutter war eine Antayus gewesen.
Aber die Kinder seines Bruders Aron und seiner Schwägerin Miranda, diese lästigen Gören Camryn und Alexandra, würden die Erbfolge antreten können. Wilde, ungezogene, unberechenbare Mädchen, die weder auf der Insel Coventry aufgewachsen waren noch die Weihen als Hexen empfangen hatten.
Die würden sie auch nie empfangen, schwor sich Thantos. Nur über seine Leiche.
Er holte tief Luft und versuchte, sich zu beruhigen. Kein Grund zur Sorge, er hatte die Sache im Griff. Nervös trommelte er mit den Fingern auf der Passage herum, in der der Tod seines Vaters in der Höhle beschrieben wurde. Das war es: Thantos sah plötzlich einen Ausweg. Ein hämisches Grinsen breitete sich auf seinem Gesicht aus.
Doch im selben Augenblick sträubten sich die Haare auf seinem Nacken – ein sicheres Anzeichen dafür, dass Feinde in der Nähe waren.
Thantos schnüffelte in der Luft, fast genießerisch, als prüfe er den Duft einer besonders feinen Zigarre. Frische Luft gemischt mit Wachholderbeeren und Koniferennadeln. Der unverkennbare Duft der Insel Coventry.
Sersee, war sein erster Gedanke. Er hatte das Mädchen erstarren lassen und sie allein am Strand im heftigen Wind zurückgelassen, das blasse Gesicht verzerrt vor Entsetzen

über seinen Verrat. Schnell blickte er sich in seinem Büro nach einem Versteck für das Buch um.
Aber es war schon zu spät. Während sein Blick noch durch den makellos aufgeräumten Raum glitt, flogen die verschlossenen Flügeltüren mit lautem Krachen auf. Doch statt einer tobenden Rachegöttin namens Sersee standen plötzlich zwei höchst aufgebrachte Frauen vor ihm. Eine war die normalerweise sanfte, schöne, leichtgläubige Miranda, die Mutter seiner Rivalen, der Zwillinge. Die andere war der Vormund der Zwillinge, die jähzornige, unberechenbare Ileana, sein eigener, total missratener Sprössling. Ein breites und überraschend offenes Lächeln flog über sein Gesicht. Denn er wusste: Mit diesen beiden wurde er leicht fertig. Das war schon immer so gewesen. Obwohl er sich natürlich in letzter Zeit darüber geärgert hatte, dass sich Miranda mit seiner knochenharten Tochter zusammengetan hatte. Miranda, die ihm gegenüber früher immer so offen gewesen war, ihn immer bewundert und alles getan hatte, was er von ihr verlangte! Dieses neue Verschwörertum mit Ileana war nicht nur einfach lästig. Es war fast eine Bedrohung.
Aus reiner Gewohnheit loggte sich Thantos sofort in Mirandas Gedanken ein. Was er dort vernahm – oder nicht vernahm – vertrieb schlagartig das aufrichtige Lächeln aus seinem Gesicht. Sie hatte ihre Gedankenwelt für ihn verschlossen! Miranda, die ihm seit Arons Tod immer blindlings vertraut hatte, verwirrte bewusst ihre Gedanken und schloss ihn aus.

„Nun, hm, es ist immer schön, wenn man von der Familie überrascht wird“, sagte er und versuchte krampfhaft, seine Verärgerung zu verbergen. „Ihr seid sicherlich müde. Ziemlich lange Reise von Coventry hierher.“
„Oh, wir haben eine Abkürzung genommen“, schoss Ileana scharf zurück.
Er sah, dass Miranda Ileanas Hand ergriff. „Thantos“, sagte sie mit der leichten, fast flüsternden Stimme, die er so verehrte, „ich habe eben etwas Furchtbares gesehen. Und habe etwas noch Schlimmeres erfahren. Natürlich kann ich das nicht glauben, nicht von dir …“
Ileana schnaubte verächtlich, mischte sich aber nicht ein.
„Kann mir nicht vorstellen, was du meinst. Setzt euch doch erst einmal, bitte.“ Thantos legte das Buch auf den Tisch, als sei es nichts weiter als ein Computermagazin, in dem er eben geblättert hatte. Er schob es beiseite, wühlte in ein paar Akten, die auf seinem Tisch lagen, und legte sie schließlich wie beiläufig auf das Buch. Er hatte Karshs Aufzeichnungen nicht wirklich versteckt, sondern sie nur so bedeckt, dass sie ihm und den Frauen aus den Augen waren. Er wandte sich wieder seinen Gästen zu, stand auf und ging um den Schreibtisch auf sie zu.
„Wir haben ein Mädchen gefunden, eigentlich fast noch ein Kind …“, begann Miranda mit weicher Stimme.
„Sersee“, fuhr Ileana hart dazwischen.
„Sersee?“ Thantos’ Miene veränderte sich nicht, aber seine dunklen Augen glitzerten wütend. „Ich glaube nicht, dass ich jemanden mit diesem Namen kenne.“

„Oh, okay, jedenfalls kennt sie dich, großmächtiger Vater." Miranda drückte Ileanas Hand, um sie zu beruhigen. Dieses Mal ziemlich kräftig. „Sie erzählte uns eine sehr traurige Geschichte", ergänzte Miranda.

Thantos strich sich über den Bart. „Sersee", sagte er nachdenklich und kratzte sich am Kinn, „Sersee. Hm. Ich glaube, ich kann mich dunkel an das Mädchen erinnern. Elternlos, obdachlos, lügt und stiehlt, wie es ihr in den Sinn kommt. Zusammen mit ihren Freundinnen, Furien nennen sie sich, glaube ich. Ziehen seit Jahren auf der Insel herum und klauen, was nicht niet- und nagelfest ist."

„Sie lügt und stiehlt? Das müsste dich doch wohl beeindrucken? Du nimmst dir doch auch, wonach dir der Sinn steht", fauchte Ileana.

Thantos hob die mächtigen Schultern wie ein gereizter Stier. Er holte aus, aber Miranda sprang vor, um den Schlag abzublocken. Verärgert drehte sich Thantos um und ließ stattdessen die Faust auf den Tisch krachen.

Die Papiere und Akten, die er sorgsam aufgeschichtet hatte, verrutschten. Karshs Buch kam zum Vorschein; wie durch Magie öffnete es sich. Im hohlen Innenraum des Buches wurden Karshs handgeschriebene Aufzeichnungen plötzlich für alle sichtbar.

„Das gehört mir!", schrie Ileana und stürzte zum Schreibtisch.

„Dann nimm es doch!", brüllte Thantos, riss die Papiere heraus und warf sie seiner Tochter verächtlich vor die Füße. Miranda schnappte hörbar nach Luft. Thantos wirbelte mit so wütendem Gesicht zu ihr herum, dass sie unwillkürlich abwehrend die Hände hob, als müsse sie sich vor seinen Schlägen schützen.

Als er sah, dass sie vor ihm zurückschrak, kam er wieder zur Vernunft. Er wandte sich ab, versuchte, sich zu beruhigen und klar zu denken – und für Thantos konnte das nur eins heißen: Wie konnte er wieder die Oberhand gewinnen?

Schon die Tatsache, dass Miranda beobachtet hatte, wie er die Fassung verlor, brachte Thantos in Rage. Schuld daran war natürlich Ileana. Und ihr Vormund, dieser alte Hexer Karsh Antayus, der sich sein Leben lang in alles eingemischt hatte.

Der Antayus-Fluch hatte dutzenden von DuBaer-Männern das Leben gekostet. Deshalb hatte Thantos' Vater Nathaniel einen Ausweg gesucht und beschlossen, dass nur noch Frauen den Clan führen sollten. Nun, hier – und Thantos strich sich unbewusst über die Brust – stand ein Mann, den der Fluch nicht vernichten konnte. Aber dafür brauchte er Miranda an seiner Seite.

„Verzeih mir", sagte er schließlich, sobald ihm klar wurde, dass das seine einzige Option war.

Theatralisch griff er nach Mirandas Händen. „Miranda, bitte verzeih mir, dass ich die Beherrschung verloren habe. Mein Jähzorn, du weißt schon. Furchtbar, besonders, wenn ich frustriert bin. Du weißt doch, dass ich weder dir noch deinen Kindern Schaden zufügen will. Könnte ich gar nicht. Ich hab alles für dich und für die Zwillinge getan, nur euretwegen wollte ich lesen, was Karsh geschrieben hat.

Natürlich wollte ich dir seine Aufzeichnungen übergeben, sobald ich sie gelesen hatte. Ich habe sie sowieso nur an mich genommen, um zu verhindern, dass sie in die falschen Hände fallen. Jemand anderes hätte damit großes Unheil anrichten können. Zum Beispiel, um Zwietracht zwischen uns zu säen. Dich misstrauisch gegen mich zu machen, dich zu ängstigen. Oder dich dazu zu bringen, dich gegen mich zu stellen."

Er brach ab, um Ileana durchdringend anzustarren, aber die junge Hexe achtete längst nicht mehr auf ihn. Sie wischte das verschmutzte Buch mit dem Saum ihres Kleides sauber. Beim Anblick von Karshs zittriger Handschrift waren Tränen in ihre Augen getreten.

Thantos beschränkte sich auf einen verächtlichen Blick und wandte sich wieder Miranda zu. „Ich habe meiner eigenen Tochter das Buch weggenommen, um dir zu helfen, Miranda. Es stimmt, ich habe es Ileana weggenommen – sie ist schließlich eine Antayus und der Hass auf uns DuBaers liegt ihr im Blut …"

Ein verächtlicher Schrei unterbrach ihn. Er zuckte herum zur Flügeltür, die Ileana und Miranda weit aufgestoßen hatten. Im breiten Türrahmen stand Sersee. Sie lachte schrill und wies mit dem Finger auf ihn.

„Wer hat das Buch genommen?", schrie sie. „Ihr wart es nicht, Lord Thantos! Ihr ganz bestimmt nicht, weil Ihr zu edel und vornehm seid, um Euch die Hände schmutzig zu machen! Ich war's! Die niedrige kleine Waise, die Ihr so verachtet und die Ihr so gerne vernichtet hättet!"

Sie rauschte ins Zimmer, an ihm vorbei und direkt zu dem riesigen Fenster hinter seinem Schreibtisch. Mit der Faust schlug sie heftig gegen die Scheibe.

Draußen setzte starker Lärm ein. Stimmengewirr. Dann ein seltsamer Sprechgesang, den nur Sersee zu verstehen schien. Thantos, Miranda und Ileana traten rasch ans Fenster und blickten hinunter.

Zwei Stockwerke tiefer war offenbar ein Aufruhr in vollem Gange. Eine Horde von Fremden in schwarzen Umhängen und Kapuzen zogen vor dem Haupteingang hin und her. Sie trugen Stöcke, drohten mit den Fäusten und hielten primitiv aussehende Waffen in den Händen. Ein paar Männer waren in Rangeleien mit Thantos' Wachpersonal verwickelt. Andere rissen mutwillig Äste von den sorgfältig gestutzten Bäumen und Sträuchern und wieder andere hielten einige von Thantos' Angestellten gefangen, die aus dem Gebäude gelaufen waren, um zu sehen, was los war.

Thantos sah, dass ein paar seiner Angestellten zu ihm hinaufschauten – ihre Blicke folgten den Zeigefingern der schwarz gekleideten Meute, die anklagend auf ihn deuteten. Nun begannen auch sie – seine eigenen Mitarbeiter! – ihm mit geballten Fäusten zu drohen und ihn zu verfluchen. Doch das dicke Isolierglas dämpfte ihre Stimmen.

Sersee erkannte sofort das Problem. Sie wirbelte herum und griff nach einer großen Metallscheibe, die auf Thantos' Schreibtisch lag. Ein Briefbeschwerer, auf dem ein Bär mit einer Krone auf dem Schädel eingraviert war.

Thantos machte eine Bewegung, ihr die Scheibe zu entreißen. Aber es war bereits zu spät. Schnell wie der Blitz schleuderte die kleine Hexe die Scheibe in das Glasfenster. Die gewaltige Fensterscheibe zerbarst in tausend Stücke. Sie explodierte förmlich, sodass Glassplitter über den ganzen Schreibtisch prasselten und hässliche Kratzer auf der polierten, kostbaren Mahagoni-Oberfläche hinterließen. Thantos' Aktenstapel und die herumliegenden Papiere waren mit glitzernden Scherben übersät. Der Raum sah aus wie nach einer Explosion.

Thantos stürzte sich auf das unverschämte Mädchen. Und kochend vor Wut erstarrte er mitten in der Bewegung, als durch das zerbrochene Fenster der anklagende, wütende Sprechgesang klar und deutlich in den Raum drang:

„Thantos DuBaer ist ein Hexer! Sein Leben ist eine Lüge! Hexer, deine Zeit ist abgelaufen!"

Kapitel 17

HALLO UND CIAO

Kein Ort war mehr sicher. Das war die einfache Wahrheit. Weder Coventry, die Insel im riesigen See, auf der sie geboren worden waren und auf der ihre Familie seit Jahrhunderten gelebt hatte, noch Marble Bay, das verträumte typisch amerikanische Ansichtskartenstädtchen am Meer, wo Cam aufgewachsen war und wo Alex ihre zweite Heimat gefunden hatte.

Überall auf der Welt fürchteten sich die Menschen vor Dingen, die sie nicht verstanden, und hassten sie. Die Ablehnung richtete sich sogar gegen völlig normale Menschen, die über eine besonders scharfe Wahrnehmung oder eine Art „zweites Gesicht" oder über Fähigkeiten verfügten, das Unmögliche möglich zu machen, Fähigkeiten also, für die es keine wissenschaftlichen Erklärungen gab. Diese Menschen konnten sich nirgendwo mehr sicher fühlen. Zumindest was sie und Alex betraf, dachte Cam, war das im Moment so ziemlich überall der Fall.

Letzter Schultag. Die Schülerinnen und Schüler strömten

aus der Marble Bay Highschool, erleichtert, aufgeregt, lachend, endlich die Freiheit der langen Sommerferien vor sich.

Cams Schritte hallten durch die fast leeren Flure. Es kostete sie beträchtliche Überwindung, nicht unablässig über die Schulter zu blicken, auf die schleichenden Geräusche von Verfolgern zu warten, ihren Verfolgungswahn niederzukämpfen, der leicht zur Besessenheit werden konnte, wenn sie sich nicht dagegen wehrte.

Sosehr sie auch dieses Gefühl zu unterdrücken versuchte, es blieb immer im Hinterkopf: Jemand war hinter ihr her. Ihr Misstrauen wuchs schlagartig, als sie die Tür des Chemielabors offen stehen sah.

Noch bevor sie die Tür erreichte, wusste sie, wer sich dort aufhielt.

Sukari.

Erleichtert trat Cam ein. Ihre Freundin saß in sich zusammengesunken in der ersten Reihe, ein einziges Häufchen Elend. Sie starrte auf ihr Zeugnis.

„Du siehst aus, als müsstest du das Jahr wiederholen", sagte Cam vorsichtig. Sie wollte Sukari nicht noch mehr erschrecken. „Kann ich mir bei dir aber wirklich nicht vorstellen."

„Glatte Einsen in Mathe, Chemie und Physik", murmelte Sukari gleichgültig. Sie blickte nicht auf.

„Fehlt er dir?" Das war zwar eine Frage, aber Cam ließ sie wie eine Feststellung klingen. Ein Schaudern lief über ihre Haut. Auf nebelhafte Weise konnte sie Sukaris Gedanken hören, wenn auch nur sehr undeutlich. Sukaris Gedanken

drehten sich offenbar nur um den Hexenjäger und einen schweren Verlust, den sie erlitten hatte.
„Wer – Mr Spenser?" Sukari zuckte die Schultern.
„Suke – der Mann war irgendwie ... unheimlich, meinst du nicht? Immer so direkt und beleidigend. Er hat dich sogar eine Hexe genannt ..."
Suke zwängte ihren kräftigen Körper aus der engen Bankreihe. „Okay, hat er, aber jetzt bin ich eben keine Hexe mehr", sagte sie seufzend.
„Das warst du nie", bemerkte Cam.
„Vielleicht nicht." Sukari schwang ihren Rucksack auf die Schultern. „Irgendwie war die Sache recht cool, als ich seine Fragen immer im Voraus erriet. Obwohl es natürlich total daneben war. Ich hab keine Ahnung, warum er dann plötzlich immer ausflippte. Vielleicht war er ja wirklich ein wenig verrückt. Ich hab gehört, er ist jetzt in irgendeinem Hospital oder Erholungszentrum oder so. Aber die Chemie stimmte eben – zwischen Mr Spenser und mir, meine ich." Sie lächelte traurig. „Irgendwie weiß ich, dass meine Zeit als Hellseherin vorbei ist. Bei dem lahmen Typ, der Spensers Stelle bekommt, werden wir wahrscheinlich nur die Lehrbücher auswendig lernen müssen."
Jason erschien in der Tür. „Oh, hier bist du", sagte er zu Cam. „Dachte, wir seien verabredet?"
„Sind wir", bestätigte Cam und klopfte Sukari ermutigend auf die Schulter. „Kommst du mit uns?"
„Nö. Mir reicht's für heute", lehnte Sukari ab und grinste Jason an. „Hey, Jase. Wann haust du endlich ab?"

„Morgen Früh." Jason breitete die Arme aus und grinste Sukari an. „Komm schon, verpass mir die vorgeschriebene Abschiedsumarmung."

Sukari umarmte ihn. „Anscheinend gehen alle weg", murmelte sie, „oder sind schon weg."

Ohne jede Vorwarnung brach Cam plötzlich in Tränen aus. Draußen raste gerade Alex vorbei, legte eine Vollbremsung hin und kam zur Tür zurück, um hereinzuschauen. „Hey – heute ist der letzte Schultag! Hat sich das noch nicht herumgesprochen? Ein Abschied ohne Tränen. Heulen ist mega-out. Anordnung von ganz oben."

„Ich heule bestimmt nicht, weil heute der letzte Schultag ist", sagte Cam halb lachend.

„Dann erklär mir …"

„Jason geht morgen Früh …"

Jason nahm Cam wortlos in die Arme und hielt sie fest. Alex zwinkerte Sukari zu und war schon wieder zur Tür hinaus.

Sie konnte sich den Jubelschrei nicht verkneifen. „Und Cade kommt morgen Früh! Yippieeee!!!", schrie sie, dass es durch alle Flure schallte.

Würde sie ihn überhaupt wiedererkennen? Und er sie? Als sie sich zum letzten Mal gesehen hatten, welche Farbe hatte ihr Haar da gehabt? Moment, überlegte sie, rot? Platinblond? Oder mit blauen Strähnen? Sie konnte sich nicht mehr erinnern. War ja auch egal. Jedenfalls anders als jetzt.

Cades Maschine kam aus London. Das Ankunftsterminal für diese Flüge befand sich weit entfernt vom Abflugterminal, wo Jason fast gleichzeitig nach Westen abreiste.
Alex plante, Cade direkt an der Passkontrolle für die internationalen Passagiere abzufangen. Sie konnte es kaum erwarten, dort hinzugehen, sich von Cam zu trennen, die sich mit aller Kraft bemühte, beim Abschied von Jason so leicht und unbefangen wie möglich zu wirken. Doch genau diese künstliche Unbekümmertheit zwang Alex, bei ihrer Schwester zu bleiben, denn sie spürte, dass Cam unter der lächelnden Oberfläche nicht mehr weit von einem emotionalen Super-GAU entfernt war.
Während sie auf Jason und seine Eltern warteten, ging Cam vor der Sicherheitskontrolle auf und ab und rezitierte jeden nur denkbaren Monolog, um sich selbst zu ermutigen. „Eigentlich keine große Geschichte“, murmelte sie vor sich hin. „Er kommt ja wieder – in ein paar Monaten, oder?“ – „Schließlich gibt's heutzutage E-Mail …“
Offenbar war ihr Murmeln an Alex gerichtet, aber im Grunde dienten die Sprüche vor allem zur eigenen Beruhigung.
So betrachtet war Alex' Anwesenheit eigentlich gar nicht mehr erforderlich. Sollte man denken. Nur erlaubte ihr Cam nicht zu gehen. Sie bestand darauf, dass sie Alex' Unterstützung brauchte.
Alex ließ sich in eine der körpergerecht geformten Sitzgelegenheiten sinken. Sie war durch Metallstangen mit dem völlig identischen Sessel ihrer Schwester verbunden, nur

wurde Cams Platz von ihrem neuen silbernen Rucksack eingenommen. Gelangweilt starrte Alex die Verbindungsstangen und Schrauben an. Mit ihrer Schwester verband sie mehr als nur ein bisschen Metall.

„Ich meine, ich liebe den Burschen doch irgendwie ... Aber es ist nicht so, dass ich ihn *so* liebe, verstehst du?", erklärte Cam.

„Nein." Alex hatte nicht die geringste Lust, Cams Theorie von verschiedenen Ebenen der Liebe zu folgen. Vergeblich versuchte sie, ihren Zwilling gedanklich spüren zu lassen, dass sie noch da war, obwohl ... Und dass sie sehr gerne woanders wäre ... Aber Cam hatte alle Zwillingsantennen eingefahren, so beschäftigt war sie mit der Analyse ihrer Gefühle.

Warum nur hatte sich Alex von Cam überreden lassen, sich für den Anlass von Cades Rückkehr neue Stone-washed Jeans und ein absolut scharfes nabelfreies T-Shirt zuzulegen? Sie hätte sich in ihrer abgetragenen schwarzen Levis und der Uralt-Lederjacke viel wohler gefühlt. Beide passten ihr und fühlten sich an wie eine zweite Haut.

Ob sich Cade wohl verändert hatte?, fragte sie sich. Kam er am Ende in irgendwelchen trendigen europäischen Klamotten daher? Vielleicht hatte er sein langes schwarzes Haar abgeschnitten – und damit auch die langen Strähnen, die ihm immer so lässig über die Stirn fielen?

„Ist jetzt alles in Ordnung bei dir?", fragte sie Cam zum dritten, vierten oder fünften Mal an diesem Morgen.

Cam stutzte. „Hey!" Sie stemmte die Hände in die Hüften

und betrachtete ihre Schwester prüfend mit schief gelegtem Kopf. „Warum fragst du mich das dauernd?“

„Oh, weil … Schau mal! Da kommt er ja. Na also. Dein Sonnyboy ist da, Cam.“ Alex sprang auf, als Jason mit großen Schritten auf sie zukam. „Wir treffen uns später.“ Sie wollte Cam einen Kuss auf die Wange geben.

Zeitpunkt, Absicht, Umstände: alles falsch.

Cam packte Alex' Hand mit festem Griff und ließ sie nicht mehr los. „Bleib da. Geh nicht weg. Ich brauche dich. Ich brauche moralische Unterstützung.“

„Und ich brauche meine Hand!“, rief Alex und riss sich frei. „Dir geht's gut – hast du doch den ganzen Tag behauptet! Gestern auch: Mir geht's gut. Ich fühl mich super. Alles ist okay. Und so weiter. Genau wie's in der Werbung heißt: ‚Sie schaffen den Everest – aber nur, wenn Sie sich auf die Socken machen.‘ Und ich mache mich jetzt sofort auf die Socken.“

Alex lief schnell zu Jason, warf dem großen Jungen die Arme um den Hals und verabschiedete sich von ihm. Dann raste sie quer durch die Halle in Richtung des internationalen Terminals davon und ließ das emotionale Wrack hinter sich, zu dem ihr sonst so ruhiger Zwilling in diesem Augenblick wurde.

Kurz darauf erreichte sie außer Atem das internationale Ankunftsterminal – wo sie selber zum emotionalen Wrack wurde.

Auf der großen Anzeigentafel mit der Liste der internationalen Flüge blinkten zwei grüne Lichter neben „London". Cade Richman war also endlich gelandet. Er war wieder zu Hause.

Alex lief aufgeregt hinter der Absperrung hin und her, die die Ankunftshalle von der Einreisekontrolle trennte. Wie lange dauerte es, bis die Passagiere aus dem Flugzeug gestiegen und ihr Gepäck eingesammelt hatten? Nicht allzu lange … Jedenfalls bei weitem nicht so lange, wie sie in der Schlange vor der Passkontrolle und dann noch einmal beim Zoll warten mussten, bis ihre Personaldaten mit den Computerdaten abgeglichen und ihr Gepäck inspiziert worden war.

Computer! Die stürzten immer wieder ab. Was wäre, wenn jetzt das ganze Computernetz am Flughafen zusammenbrach? Super. Cade würde dann stundenlang festgehalten werden. Tagelang sogar. Alles möglich. Jedenfalls so lange, bis er eine plausible Erklärung für das eingewickelte Ding fand, das er im Gepäck mit sich führte – dass es ein Geschenk sei! Richtig – ein Geschenk für das Mädchen, das er liebte!

Das er *liebte*? Das Wort streichen wir mal lieber.

Alex entdeckte plötzlich, dass sie genau wie Cam vor sich hin murmelte.

Kräftig durchatmen, befahl ihr eine Stimme.

Klang nicht wie Cams Stimme. Heute schon gar nicht.

Aber sie klang auch nicht völlig anders als Cams Stimme.

Man kann nicht klar denken, wenn man aufgeregt ist, Arte-

mis. Zu wenig Sauerstoffzufuhr im Gehirn. Also: durchatmen, Artemis.

Alex blieb wie erstarrt stehen. Obwohl sie nicht erwartete, etwas Ungewöhnliches zu sehen, blickte sie sich gründlich um.

Im Terminal wimmelte es von Menschen aller möglichen Nationalitäten. Alex ließ den Blick über ein wogendes Meer von Köpfen gleiten, Köpfe mit Turbanen, Gamsbart-Hüten, bunten Kopftüchern und breitkrempigen australischen Hüten.

Und dann sah sie die Frau.

Sie stand einfach da, eine Hand winkte Alex liebevoll zu, in der anderen hielt sie ein großes altes Buch. Ein Buch, das in brüchiges altes Leder gebunden war, das aber ein seltsames weiches Licht verströmte.

Ein weißes Kleid wehte leicht im Wind, langes rotbraunes Haar glänzte im Licht der Scheinwerfer, leuchtend graue Augen blitzten auf, ein kurzes Lächeln – Miranda war verschwunden.

Alex rieb sich verwundert die Augen. Drehte sie durch? Zu viel Gefühlsstress?

Hatte sie nicht soeben ihre Coventry-Mutter gesehen? Was hatte sie hier in Boston zu suchen? Im Flughafen? Und was für ein seltsames Buch hatte sie bei sich?

Vielleicht fand Cam mehr heraus, denn Miranda war in Richtung des Abflug-Terminals verschwunden.

Sie würde keine Minute zu früh kommen, dachte Alex. Wenn jemand heute Hilfe brauchte, dann war das Cam.

Schließlich verlor sie das, was Alex heute zurückbekam: einen coolen Typ zum Anlehnen …
Aber vielleicht dachte Cade, dass Alex nichts weiter war als eine gute Bekannte? Warum eigentlich nicht? Schließlich hatte er das L-Wort nie in den Mund genommen. Und keine seiner E-Mails hatte auch nur ein einziges Kusssymbol hinter dem Namen.
Plötzlich zuckte sie herum. Es war, als hätten sie zwei kräftige Hände in Richtung des Zollausgangs gedreht, durch den die Passagiere kommen mussten.
Die zwei großen Glastüren wurden schwunghaft geöffnet. Ein Gepäckwagen kam zum Vorschein, hastig geschoben von einem jungen Mann mit schwarzen Haaren, Sonnenbrille und einem winzigen Muttermal genau auf dem Grübchen zwischen seiner vollen Unterlippe und dem starken, eckigen Kinn.
Cade!
Selbst ohne sein normales Outfit – Motorradjacke und enge zerschlissene Jeans – hätte sie ihn jederzeit wiedererkannt. Aber würde er sie erkennen?
Cade nahm die dunkle Brille ab und ließ seine hellblauen Augen durch die Halle gleiten. Sie glitten glatt über Alex hinweg.
Winken, Alex!, befahl sie sich hektisch. Beide Hände in die Luft! Ruf ihn! Tu was! Schreie laut seinen Namen! Aber ihre Arme hingen wie gelähmt und ihre Lippen schienen nicht mehr ihr zu gehören.
Doch ihre Augen funktionierten offenbar noch – Cade

hatte seinen Gepäckwagen stehen lassen und kam durch die Menge herbeigerast, um sie in die Arme zu nehmen und in riesigem Bogen im Kreis herumzuwirbeln. Und endlich trafen sich ihre Lippen in einem wunderbar vertrauten, unendlich neuen, unglaublich wilden Kuss.

Die Arme eng umeinander geschlungen, machten sich Alex und Cade auf den Rückweg, um Cam abzuholen. Sie sahen sie schon von weitem, die Arme um Jason geschlungen, den sie offenbar nicht gehen lassen wollte.

In diesem Augenblick brach die Hölle los. Die ganze Halle verwandelte sich plötzlich in ein Meer von Licht und Lärm. Ein Blitzlichtgewitter zuckte durch den Raum. Videokameras summten. Mikrofone wurden hochgehalten und die Reporter drängten sich zu einem dichten Knäuel.

„Was ist los?", fragte Cade und reckte wie alle Umstehenden den Hals, um in die Mitte der Menschenmenge sehen zu können.

Hallo Hexengirls, darf ich mal einen Moment um eure Aufmerksamkeit bitten?

Alex und Cam hörten die telepathische Botschaft genau gleichzeitig.

Ileana!

„Jemand behauptet, Brice Stanley sei hier!", rief eine aufgeregte Frau Cade zu. Sie sprang wie ein Jojo auf und ab, weil sie viel zu klein war, um über die Köpfe der vor ihr stehenden Journalisten sehen zu können, und versuchte,

wenigstens einen kurzen Blick auf den Superstar zu erhaschen.
„Wer ist die Barbie, die er da rumschleppt?", rief ein Reporter seinem Kameramann zu.
„Seine Dauerfreundin – die mysteriöse Blondine", gab sein Kollege, der sich weiter vorgedrängt hatte, zurück. „Offenbar haben sie sich wieder versöhnt."
„Kannst du mal rausfinden, wohin sie fliegen?"
Brice und ich sind auf dem Weg nach Maui, kam wieder Ileanas Stimme. *Eure Mutter ist auch irgendwo in der Nähe. Ich hab's ihr ausreden wollen, mit zum Flughafen zu kommen, aber sie bestand darauf. Wollte unbedingt noch einen Blick auf ihre Mädels werfen, bevor sie nach Hause fährt. Macht euch keine Sorgen, ich werde nicht lange fortbleiben. Wenn ich zurückkomme, möchten Miranda und ich mal ein langes Gespräch mit euch führen, ziemlich wichtige Sache. Versucht bitte, wenigstens mal ein paar Tage lang nicht in Schwierigkeiten zu geraten! Probleme wird's noch genug geben, wenn ich wieder zurück bin …*
„Hey! Ich bin zurück, aber du bist ganz weit weg!", grinste Cade spöttisch.
Alex hatte gar nicht gemerkt, wie hingerissen sie Ileana zugehört hatte. Sie warf Cade ein Lächeln zu, von dem sie hoffte, dass es die Sache wieder gutmachte, und drehte sich zu Cam um.
Jason starrte Cam anbetungsvoll an, aber die Liebe seines jungen Lebens hatte im Moment etwas anderes im Kopf und sah in die andere Richtung – in Alex' Augen.

Langes Gespräch über wichtige Sache?, wiederholte Alex Ileanas Worte per Denkmail.

Probleme wird's noch genug geben?, kam es von Cam zurück.

Die geheimnisvollen Sätze flogen über die kurze Entfernung zwischen ihnen hin und her und klangen drohend und ernst.

Was steckte hinter Ileanas Worten? Gab es noch mehr Gründe, sich fürchten zu müssen? Dass sie versuchen sollten, nicht in Schwierigkeiten zu geraten, war schön und gut, aber sie konnten sich diese Dinge schließlich nicht aussuchen. Es war höchstens eine Hoffnung, und zwar eine ziemlich schwache.

Jason drückte Cams Schulter und sie drehte sich wieder zu ihm um. Plötzlich schossen ihr Tränen in die Augen. Sie wollte ihn nicht verlieren, nicht jetzt. Nichts sollte sich ändern, alles sollte so bleiben, wie es war. Jason lächelte sie an. Wie zum Trost fühlte sie plötzlich neue Zuversicht, spürte, dass alles in Ordnung war. Denn Cam sah Alex auf sich zukommen – und in diesem Augenblick wurde ihr klar, dass die eine Person auf der Welt, die ihr mehr bedeutete als jede andere, sie niemals verlassen würde. Alex würde immer für sie da sein. Und sie für Alex. Fest und verlässlich, wie zwei Felsen in gefährlicher Brandung. Schließlich waren sie Hexen. Es spielte keine Rolle, dass die eine zu ihrem Freund „Ciao“ sagen musste, während die andere ihren Boyfriend mit „Hallo“ begrüßen durfte. Sie waren unzertrennlich miteinander verbunden. Und die Verbundenheit war ihre stärkste Waffe – miteinander und mit den Menschen, die ihnen nahe standen. Nichts und niemand konnte Cam und Alex trennen, solange sie Gutes taten und sich um andere Menschen kümmerten. Und schon gar nicht, solange sie zusammen waren.

Epilog

DER BESCHÜTZER

Kaum hatten Miranda und Ileana sein Büro verlassen, drehte sich Thantos abrupt und rasend vor kalter Wut zu Sersee um. Ohne ein Wort zu verlieren, packte er die unverschämte Hexe am Kragen.

Geschockt zappelte sie in seinen Pranken. Der riesige Hexer hielt sie mit eisernem Griff gepackt, sodass sie kein Wort herausbrachte. Ihr Gesicht lief blau an. Verzweifelt flehte sie ihn telepathisch an: *Nur für Euch habe ich das Buch gestohlen! Ich weiß, was darin steht. Und ich möchte Euch immer noch dienen …*

Er starrte sie an, während seine Wut ein wenig abflaute, und in seinen durchdringenden schwarzen Augen mischten sich Verachtung und Neugier. „Du möchtest mir dienen?“ Thantos’ Stimme verriet weder Überraschung noch sein plötzlich erwachtes Interesse. Er würde keine Sekunde zögern, sie für seine Zwecke auszunutzen. „Jag erst mal diese Herde von Vollidioten weg!“, befahl er rau und schwang sie mühelos herum, sodass ihr Gesicht den restlichen Glassplittern im zerborstenen Fenster gefährlich nahe kam. Unten sah sie die Hexenjäger, die immer noch vor dem Haupteingang demonstrierten.

„Erst wenn Ihr mich loslasst!", würgte Sersee mühsam, aber trotzig hervor.

Ihre Dreistigkeit überraschte ihn nicht, aber wider Willen war er beeindruckt und wütend zugleich.

„Du willst mir also dienen?", fragte er noch einmal und seine Stimme klang genauso grob und wutverzerrt, wie er sich fühlte. „Dann zeig mir erst einmal, warum mir jemand wie du nützlich sein sollte – eine armselige Junghexe, die ständig auf der Flucht ist und in modrigen Löchern lebt. Ein weggeworfenes Kind, das wie eine räudige Ratte durch die Höhlen von Coventry irrt! Du schändest unsere heiligen Höhlen, denn dort hausten früher einmal grausame Hexen und große Geister. Warum sollte ich denn meine Zeit an eine zerlumpte Bande von herumstreunenden Kindern verschwenden? Wenn du mir nur einen einzigen plausiblen Grund nennen kannst, Sersee", schrie er wütend, „werde ich auf der Stelle dein Beschützer! Aber wenn du mir keinen Grund nennen kannst, bist du so gut wie tot."

Er ließ sie fallen, aber sie duckte sich nicht mehr vor ihm. Etwas in ihr war geschehen. Sie richtete sich trotzig auf. Und mit dem, was dann folgte, hatte er nicht gerechnet.

Er erkannte sofort den Duft der Kräuter, die sie hervorholte und zwischen ihren Händen zerrieb. Er wusste, welchen Kristall sie aus ihrem Lederbeutel unter dem Umhang ausgewählt hatte. Misstrauisch beobachtete er das Ritual, das sie vollführte. Er erinnerte sich nur vage an den Zauberspruch, den sie jetzt aufsagte und den er vor Jahrzehnten gelernt und fast wieder vergessen hatte, einen primitiven, aber mächtigen Zauberspruch. Es war eine Magie, die eine nicht geweihte, verwahrloste Hexe wie Sersee normalerweise niemals beherrschen konnte.

Sie achtete nicht mehr auf ihn, sondern warf den Kristall auf den Boden und blies die Kräuter von ihren Händen. Dann lehnte sie sich aus dem Fenster, beide Hände auf dem Sims abgestützt, das von unzähligen Scherben übersäht war. Die spitzen Glasscherben schienen ihr jedoch nichts auszumachen. Sie starrte auf die schwarz gekleidete Gruppe hinunter, die sie hergeführt hatte, um sich endlich an Thantos zu rächen.

Die lächerlichen Drohungen, die von unten heraufdrangen, verstummten allmählich. Nacheinander drehten die Hexenjäger die Köpfe in ihre Richtung und starrten zu Sersee herauf.

Sersee flüsterte noch einmal den Zauberspruch, blickte den Männern nacheinander in die Augen und lächelte befriedigt, als sie sah, dass sie in panischer Angst versuchten, ihrem Blick auszuweichen.

Thantos beobachtete alles. Er sah, wie diese verkleideten Narren wie gebannt, mechanisch, gehorsam ihre Kapuzen von den Köpfen schoben. Manche taumelten zur Seite, andere ließen sich benommen auf den Rasen sinken, den sie zuvor zertrampelt hatten. Wieder andere beugten sich vor,

die Hände auf den Magen gepresst. Sekunden später setzte unten ein heftiges Würgen und Erbrechen ein.
Erst jetzt wandte sich Sersee wieder Thantos zu. Kalte Zugluft blies durch das Fenster, erfasste ihr wirres schwarzes Haar. Ihre dunkelvioletten Augen blitzten in eitlem Stolz. Sie erlaubte sich ein überhebliches, triumphierendes Lächeln.
Sie blickte ihn lange an. Dann ließ sie sich sehr langsam auf die Knie sinken. Der brutale Hexer ragte vor ihr in die Höhe wie ein Turm.
„Eure Feinde sind meine Feinde, Lord Thantos", flüsterte Sersee.

Wenn du mehr über Alex und Cam,
die Zwillingsschwestern,
und ihre magischen Kräfte erfahren willst,
lies in den Büchern:

Band 1 Die Entdeckung der Kraft
Band 2 Warnung aus der anderen Welt
Band 3 Rufe aus der Nacht
Band 4 Schatten der Vergangenheit
Band 5 Im Kreis der Geheimnisse
Band 6 Im Bann der Magie
Band 7 Geister der Vergangenheit

Schatten der Vergangenheit
Band 4
Alex reist mit Cam nach Montana – und wird mit dem Tod ihres Vaters konfrontiert: ein erneuter „Schachzug" von Thantos, dem mächtigen, bösartigen Hexer.
ISBN 3-473-**34950**-X

Im Kreis der Geheimnisse
Band 5
Alex und Cam, stehen vor der Aufklärung ihrer wahren Herkunft: Ihre Mutter Miranda scheint noch am Leben zu sein. Den Beweis dafür liefert Cams beste Freundin Bree ...
ISBN 3-473-**34946**-1

Im Bann der Magie
Band 6
Cam und Alex müssen gemeinsam mit Zauberer Karsh und Hexe Ileana wieder alle Kräfte einsetzen, um das Böse zu besiegen. Diesmal schwebt Cams Bruder Dylan in höchster Gefahr ...
ISBN 3-473-**34945**-3

Geister der Vergangenheit
Band 7
Endlich gelangen Alex und Cam auf die geheimnisvolle Insel Coventry Island, dem mystischen Ort ihrer Geburt. Aber ist dies wirklich ihre Heimat?
ISBN 3-473-**34944**-5

Gute Idee.

Ravensburger

Die Autorinnen

H. B. Gilmour ist Verfasserin zahlreicher Bestseller für Erwachsene und Jugendliche in den USA. Von ihr stammen unter anderem das Buch zum Film und zur Serie *Clueless, Pretty in Pink* (von der Universität von Iowa zum besten Jugendbuch gewählt) und *Godzilla* (vorgeschlagen für den Nickelodeon Kids Choice-Preis). Sie ist auch Mitautorin des preisgekrönten Drehbuchs für den Film *Tag*.
H. B. Gilmour lebt im Bundesstaat New York, gemeinsam mit ihrem Mann John Johann und ihrem Labrador Harry, einem von ihren fünf Hunden, sowie drei Katzen, zwei Würgeschlangen (einer Boa Constrictor und einer Pythonschlange) und fünf cleveren, tierlieben Kindern.

Randi Reisfeld hat viele Bestseller geschrieben. Dazu zählen unter anderem die *Clueless*-Serie (die sie gemeinsam mit H. B. Gilmour verfasste), weitere in den Vereinigten Staaten bekannte Serien sowie Biografien von Prinz William, New Kids on the Block und Hanson. Ihr Taschenbuch

Got Issues Much? wurde im Jahr 1999 zum besten Buch für Wenigleser gewählt.
Zeit ihres Lebens empfand Randi Reisfeld den Zufall als faszinierende Größe im Leben: Wie unsere Welt plötzlich aus den Fugen geraten kann und – zack! – für alle Zeit verändert ist … Wie jeder von uns tief in seinem Innern eine Macht besitzt, wenn wir nur wüssten, wie man sie nutzbar machen kann … Wie man wohl reagieren würde, wenn man urplötzlich seinem Doppelgänger gegenübersteht … Aus all diesen möglichen Zufällen entstand „Witches".
Ach ja, nur so am Rande bemerkt: Randi hat keine Zwillingsschwester (soviel sie weiß), dafür aber eine supercoole Familie und einen Schwung bester Freundinnen, die sie absolut verehrt.

Wie alles begann ...

Lauren Brooke
Rückkehr nach Hause
Band 1
Die 15-jährige Amy lebt mit ihrer Mutter und dem Großvater auf der Pferdefarm Heartland.
Mit großem Erfolg werden hier kranke Pferde behandelt. Amys Mutter ist ein »Pferdeflüsterer« und auch Amy hat zu Pferden einen besonderen Zugang. Nach dem tödlichen Unfall der Mutter übernimmt Amy die Farm und holt Lou, ihre ältere Schwester, dazu. Gemeinsam wagen sie einen Neuanfang.
ISBN 3-473-**34751**-5

Lauren Brooke
Nach dem Sturm
Band 2
Auf der Heartland Farm gibt es heftige Auseinandersetzungen. Amy arbeitet intuitiv mit den Pferden, während Lou, die ehemalige Bankerin, die Farm unter ökonomischen Gesichtspunkten betreiben möchte. Dazu macht Spartan, jener traumatisierte Hengst, der in den fatalen Unfall von Amys Mutter verwickelt war, große Probleme. Doch Amy gelingt es, die Wogen zu glätten.
ISBN 3-473-**34752**-3

Lauren Brooke
Träume und Enttäuschungen
Band 5
Kurz vor Wintereinbruch wird die Stute Melody auf die Heartland-Farm gebracht, um dort ihr Fohlen zur Welt zu bringen. Während des Transports verletzt sich das Pferd, ist von Stund an misstrauisch und lässt nur schwer jemanden an sich heran. Amy muss alle Kraft aufbieten. Sorgen macht Amy auch ihre Schwester Lou, die ihren Vater wieder gefunden hat. Amy und ihr Großvater sind dagegen, dass der Mann auf die Farm kommt.
ISBN 3-473-**34755**-8

Lauren Brooke
Hohe Erwartungen
Band 6
Die Erziehung des Stutenfohlens Daybreak ist schwieriger als Amy gedacht hat und es erkrankt auch noch schwer. Zusätzlich beschäftigt sich Amy mit den Sorgen ihrer Familie. Sie ist kurz vor dem Zusammenbruch. Nur die Unterstützung ihrer Freunde Ben und Ty bewahrt sie vor dem Schlimmsten. Sie erkennt, dass sie für Ty mehr empfindet als nur Freundschaft. Das gibt ihr Kraft.
ISBN 3-473-**34756**-6

Lauren Brooke
Zu neuen Ufern
Band 7
Schweren Herzens muss sich Amy von dem Fohlen Daybreak trennen – zu einem Zeitpunkt, als sie vor ihrer schwersten Herausforderung steht: Der bekannte Galopper Gallant Prince, bei einem Stallbrand schwer verletzt, ist traumatisiert und soll von Amy geheilt werden. Doch keine ihrer Methoden zeigt Erfolg. Amy gerät unter heftigen Druck, vor allem von Seiten der Presse, die den Weg des Spitzenpferdes voller Sensationslust verfolgt.
ISBN 3-473-**34757**-4

Lauren Brooke
Durch dick und dünn
Band 8
Amys Schwester Lou freut sich auf den lange erwarteten Besuch des Vaters. Sie träumt von einer Aussöhnung der Familie. Da der Vater schon seit Jahren nichts von sich hören ließ, steht Amy ihm ablehnend gegenüber. Ihre gemeinsame Leidenschaft fürs Reiten aber führt die beiden bald zusammen. Doch nun fühlt sich Lou ausgeschlossen. Erst als es dem Vater gelingt deren Angst vor dem Reiten abzubauen, ist der Weg zur Versöhnung auch für Lou frei.
ISBN 3-473-**34758**-2

Gute Idee. Ravensburger

Lauren Brooke
Und morgen kommt der neue Tag
Band 9
Amy musste schon viele Schicksalsschläge verkraften. Deshalb hat sie Angst davor, eine feste Bindung einzugehen. Ihr Freund Ty jedoch will sich nicht mehr länger vertrösten lassen. Auch in ihrer Arbeit mit den Pferden hat Amy Probleme.
Das begabte Showpferd Mercury weigert sich hartnäckig zu springen und trotzt allen Heilversuchen.
Amy braucht Umwege, bis sie erkennt, dass sowohl sie als auch Mercury nur eines brauchen: Vertrauen.
ISBN 3-473-**34759**-0

Lauren Brooke
Mehr als nur ein Wort
Band 10
Amy sieht sich vor eine neue Herausforderung gestellt: Ihr Vater hat ihr ein Springpferd geschenkt, nun muss sie ihre eigenen Turnierambitionen und die Therapie der Pferde auf der Heartland-Farm unter einen Hut bringen.
Außerdem taucht der charmante Daniel auf der Farm auf, dessen Stute eine schwere Verletzung auf Heartland auskurieren soll. Könnte er eine Gefahr für Amys Freund Ty werden? Amy ist hin und her gerissen.
ISBN 3-473-**34760**-4